「う、嘘だろ……魔王を倒すまで、解ける事がないだと……？」

スタート時に見た少年の姿は影も形も残っておらず、
代わりに目も覚めるような美しい銀髪碧眼の美少女の姿がそこにはあった。

バッドステータスの名は——

〈魔王の呪い〉。

女子3人(?)で仲良く冒険！
クロ（小鳥遊黎乃）
〈黒姫〉と呼ばれる天才剣士の少女。
実はソラの妹弟子であり、ソラの実力を認めた後は彼に全力で懐くようになる。
ソラ（上條蒼空）
数々のゲームを無双してきた廃人ゲーマー。
〈魔王の呪い〉でアバターどころか現実の自分までも女性化してしまい、元に戻るために〈アストラル・オンライン〉の攻略を目指す。

アリア
風精霊の国の皇女。
ソラが挑むユニーククエストのキーキャラ
として現れる。
かなりゆるふわでぽんこつ気味なお転婆娘。

「この場にいる全ての者を救うだけの光を、希望を！
――オレに寄越こせ、ルシフェルッ！」
ユニークスキル〈ルシフェル〉を発動したオレは、天の魔力で金色となった瞳を開く。
背中から生えた純白に輝く二枚の天使の翼。
そして頭上には、天使の光輪が浮かんでいた。

プロローグ◆アストラル・オンライン

「やっと、クリアしたぞ……」

燃える城の頂上で日本刀を手に達成感と虚無感を同時に抱きながら、エンディング曲もなく目の前には【ＧＡＭＥ　ＣＬＥＡＲ】の文字が表示される。

オレは何もない空間を二回タッチしてメニュー画面を出すと、ゲームを終了して頭にかぶっていた物を脱いで、専用の台座にそっと置いた。

視線の先にあるのは、ブラックカラーでバイクヘルメットみたいな精密機械の塊。

これは現代で主流となっている、プログラムで構築された仮想空間に五感と意識のフルダイブを実現させた謎多きゲーム器具、Virtual Reality HeadGear――通称ＶＲヘッドギアと呼ばれている代物だ。

このＶＲヘッドギアの出現によって、据置型のゲームや携帯ゲームの存在は市場から激減した。どのゲーム会社も開発しているのは主に、五感と意識を完全に仮想空間にダイブさせるＶＲゲームが主流となっている。

――異なる世界を体感できるＶＲゲームは、言うならば一種の麻薬みたいなものだ。ハマってしまえば、現実よりも仮想世界にいる時間が長くなるのは当然だ。

そしてそれは、現代ではＶＲ中毒者と呼称されて、一部の人達からは問題視されていた。

「……何事も、ほどほどが一番って事だな」

と人ごとのように言ったけど、今年で神里高校の二年生になった自分――上条蒼空も、そんなＶＲ中毒者の一人である。

ゲームに対するスタンスとしては、主に高評価や低評価に関係なく、数多のジャンルをプレイする『雑食』に分類されるゲーマーだ。

えり好みをしていては将来、自分にゲームの素晴らしさを実戦で教えてくれた師匠みたいなプロゲーマーにはなれない。

そう思っているオレは、並みのプレイヤースキルではクリアできないようなゲームばかり選んで、知人たちから『おまえって、ドＭだよな』とドン引きされていた。

最近の自分のプレイ履歴を一つ挙げるなら、つい先程クリアした『武者地獄』というバトルアクションゲームは、人には決してお薦めできないものだった。

ストーリーは皆無で、フルダイブのＶＲゲームなのに戦闘で前後左右にしか移動できない意味不明な仕様。そして死ぬたびにデータはリセットになり、それだけの苦行を乗り越

アストラル・オンライン 1

魔王の呪いで最強美少女になったオレ、
最弱職だがチートスキルで超成長して無双する

神無フム

HJ文庫
1039

口絵・本文イラスト　珀石碧

CONTENTS

えた末に、プレイヤーを待っているのは時限式のマルチエンディング。

「囚(とら)われの姫(ひめ)、二刀流……う、頭が……ッ」

新しく刻まれたトラウマに脳が痛む、これ以上考えるのは止(や)めた方が良さそうだ。

──とにかく今回は、噂(うわさ)以上の超が付くクソゲーだった。高評価ゲームと低評価ゲームを交互(こうご)にプレイする事で、心のバランスを保っているオレの身体(からだ)は、受けたダメージを回復する為(ため)に高評価ゲームの最高峰(さいこうほう)『神ゲー』を求めていた。

しかし、誰(だれ)もが認める神ゲーというのは、そう簡単に世に出るものではない。

少なくとも、最近チェックしたリストの中に該当(がいとう)する物は無かった。

「昔の神ゲーは、何度も遊び過ぎて流石(さすが)に飽(あ)きたんだよな。そうなると残された道は……」

簡素な自室のベッドの上で、一枚のDLカードを片手に深い溜息(ためいき)を吐(つ)く。

記載(きさい)されているタイトルは、最新作のフルダイブ型VRMMORPG──〈アストラル・オンライン〉という、世界中のプレイヤーと一緒(いっしょ)に遊べるオンラインゲームだ。

このゲームは一週間前に、ゲームショップで販売(はんばい)がスタートした大ヒット作品であり、同時接続者数は驚異(きょうい)の一千万人という数字を叩(たた)き出した。

作品の大筋は、アストラル大陸を天から遣(つか)わされた冒険者(ぼうけんしゃ)の一人となり旅をして、世界を侵略(しんりゃく)しようとしている〈魔王(まおう)〉シャイターンを倒(たお)す事だ。

メインはモンスターとの戦いだが、戦うのが苦手な人も遊べるように色々と工夫がされている。クランを作って仲間と広大なマップを冒険したり、生産職を選べば武具の作成から衣服の作製もする事ができる。

一週間前のリリース当初から、ずっとプレイしている妹の詩織や親友達から聞いた話によると、このゲームは家を買う事やＮＰＣと結婚もできるらしい。

そんな人気沸騰中の〈アストラル・オンライン〉は、ゲーマー達の間でも話題の作品だ。夏休みで暇だからと、何か面白いゲームはないかと尋ねたら全員がコレを薦める程である。

「オンラインゲームの神ゲー、か……」

ＤＬカードを眺めながら、オンラインという部分に顔をしかめてしまう。

昔とある理由で、世界初のフルダイブ型ＶＲＭＭＯＲＰＧ〈スカイ・ハイファンタジー〉——通称スカハイを引退してから、実に三年くらいオンラインゲームは避けている。

そんな自分が今になって、なんでこんなゲームを所持しているのか。

その理由は、自らショップに貰いに行ったからではない。配布が開始された当日の朝、家のポストの中にオレと妹の詩織あてに、何とスカハイの運営名義で送られてきたのだ。

なんで運営から自分達にと流石に困惑したけど、ＤＬカードは本物だった。

（詩織は一緒にやろうって、誘ってくれたんだけどな……）

オフラインに三年間も引きこもっていた事もあって、オンラインに対して気が引けたオレは情けない事に、気が向いたらと言って逃げてしまった。

「あの時に乗っていたら……いや、でも……」

自身の中で、激しい葛藤が生じる。

このまま孤高のオフライン道を貫くか。他のプレイヤーに干渉される事を覚悟して、オンラインゲームの世界に再び足を踏み入れるか。

少なくとも、プレイしてガッカリする事は無いはずだ。何せ手にしているのは、みんなが神ゲーだと断ずるゲームなのだから。

「う、うーん……」

小一時間ほど悩んで、ゲーミングチェアで数回転した後に立ち上がると、今度はベッドを何度も転がるという自分でも意味不明な行動をする。

しばらく経って、今度は無心で天井を眺めていたら、不意に頭もとに置いてあるスマートフォンが着信音を鳴らしたので手に取った。

「……あいつら」

確認した液晶画面には、親友の高宮真司と上月志郎から毎日送られてくる『一回でも良いから、オンゲーで遊ぼうぜ！』というお誘いのメッセージが来ていた。

これは流石にタイミング良すぎだろ、と思わず声に出さずツッコミを入れてしまった。

「でも一回……うーん、一回だけなら良いか……？」

オレは悩んだ末に、自分に言い聞かせるように呟いて覚悟を決める。

VRヘッドギアを手に取り、記載されているDLコードのカバーを外し読み込ませた。

ダウンロードが開始したので、その間にベッドに横たわる。壁にかけてある時計に視線を移すと、現在の時刻は午前八時三十分だった。

この事を彼らに伝えたら、数秒ほどで『始まりの広場で待ってる』と返ってきた。

「アイツ等、どんだけオレと一緒に遊びたいんだよ……」

苦笑混じりの言葉を吐いて、瞳を閉じるとヘッドギアを装着した。

するとヘッドギアが、ユーザーの脳に接続を開始する。

一つ一つ安全確認をしながら、仮想の五感情報が自分に与えられる。

ゆっくり瞼を上げると、周囲に青い仮想世界のマイルームが広がっていた。

何もない空間をダブルタップして、メニュー画面を出す。その中からピックアップされた、一つのゲームソフトのタイトルにオレは注目した。

それはダウンロードを済ませたばかりの、〈アストラル・オンライン〉だった。

指先で軽くタッチしたら開始するか『YES』か『NO』の選択肢が出てきたので、勢いよく『ＹＥＳ』のボタンを叩いた。

次に表示されたのは、何度も見るＶＲゲームの基本的な注意事項だ。

・野外でのプレイは危ないので、絶対にやらない事。

・プレイするときは、事前にトイレと水分補給をする事。

・プレイ後に、いきなり身体が動いても怪我をしないように安全な場所でプレイする事。

ここは野外ではなく自室。事前にトイレと水分補給は済ませてある。

枕元にはスポーツドリンクが常に備えてあるし、転落防止用のゲーミング柵もあるので心置きなくゲームに集中できる。

「それじゃ、ゲームスタート！」

音声を認識したら、注意文が消えてマイルームの青い空間が真っ白に染まる。

最初の出だしは美しいＢＧＭ。ＤＬカードに記載されていたゲームの内容を、無機質な少女の声で説明する所からだった。

『――太古の昔、この世界に一つの獣が誕生しました。原初の人々の負の感情から生じたその獣は全てを無にするために、新たに六つの獣を生み出し、十二人の守護天使達と戦争を繰り広げたのです。そして長き戦いの末に獣はセフィロトの天使によって封印され、天使達は力尽きて自身の力をいずれ復活する終焉の魔王〈シャイターン〉との戦いの為に、各地の王族に託しました。それから時は流れ――』

プレイするか悩んでいた時に何度も読んだ説明を、スキップ可能になると同時にタッチする。即座に説明が終わり、次に目の前にウィンドウ画面が出現した。

すると、〈アストラル・オンライン〉で活動するためのキャラメイクが始まる。

映し出されたのはＶＲヘッドギアに記録されている、オレがフルダイブ用に全身をフルスキャンした仮想世界で活動する為の写し身だ。

日本男子の特徴である、黒髪と黒い瞳に平均的な特徴のない顔立ち。

スポーツはしていないので、体付きは良くも悪くもない普通といったところ。

総合的な評価を自らつけるとしたら、高めに見ても百点満点中の五十点くらい。

ゲームによっては、この平凡な十七歳の素体をイケメンにすることもできる。

しかし直ぐにゲームを始めたかったオレは、キャラメイクを全てスキップした。

次のステップは、プレイヤーが最初に選べる職業だった。

二桁以上ある中でパッと目についたのは『騎士』『盗賊』『錬金術師』『魔術師』『鍛冶職人』『忍者』『僧侶』『召喚士』『調教師』『狩人』『付与魔術師』である。

何にするか腕組みして悩んでいたら、ふと先日のＶＲチャットで話をしていた際に親友の二人が『騎士』と『魔術師』でプレイしていると話していた事を思い出した。

ならば一緒にプレイする事を考慮して、オレは前衛と後衛をサポートできるよう中衛の職業を選ぶべきなのかもしれない。

そこに思い至った自分は、目の前に提示されている一覧と睨めっこをして悩んだ末に、右手を上げて一つの職業『付与魔術師』を選択した。

選んだ理由としては簡単なもので、強化スキルで前衛の防御力と後衛の攻撃力の底上げができる事。そして自身を強化して、アタッカーとして機能することができたら、パーティーとしてかなり良いバランスになると思ったからだ。

職業を決定したら、次は装備の選択肢となった。

色んな武器が目の前に表示されるけど、ここでオレは迷わずに片手用直剣を選ぶ。

こちらの理由はクセが無くて使いやすいとか、片手に盾を持たなければフリーになりポーションをすぐに取り出せて便利だからとか、色々とある。

だけど、やはり一番の理由としては、使い慣れた片手用直剣が好きだから。

決定をしたら、最後はプレイヤーネームの入力画面となった。

これはゲーマーとして、一番慎重にならないといけない場面である。

ゲームには『ネタネーム』というのは良くあるけど、これはフルダイブ型でアバターはフルスキャンした言わば完全なる自分の分身。下手な名前にしたら親友の二人に何を言われるか分かったもんじゃない。

安全を第一にして、仮想キーボードを操作して真面目にやる際に必ず統一して使っている、自分の名前をカタカナにしただけの『ソラ』を入力した。

『アバターの作成は以上です。困った事があればワールドサポートシステムにお尋ね下さい。それでは天に選ばれし冒険者様のご武運をお祈りします』

耳に心地よい無機質だけど、どこか懐かしさと心地よさを感じる少女のメッセージを聞いた後に、オレの視界は青い世界から真っ黒な闇に切り替わっていく。

さて、いよいよ始まるぞ。

これから始まる神ゲーに対する期待感と、高まっていく気持ちに対し頬が緩む。

この時を以てオレは冒険者ソラとして、〈アストラル・オンライン〉のスタート地点であるユグドラシル王国の〈始まりの広場〉に降り立つ、

——はずだった。

第一章◆レベル１の冒険者とラスボス

仮想世界にシフトが完了したら突然、視界に不穏なノイズが入る。

クソゲー特有のバグかとびっくりして、オレは恐る恐る瞼を開いてみた。

するとぼんやりと、周囲の輪郭がハッキリとしてきた。

自分が立っている場所は、広大で左右対称に大きな柱が並んでいる、薄暗くて不気味な石造りのフロアだという事が分かった。

光源となるモノは、遠くに見える等間隔で並ぶ大きな窓から差し込む月明かりのみだ。

「ここは、一体どこだ……？」

周囲をどれだけ見回しても、自分がどこにいるのか全く分からない。

もしかしたら、バグでも発生したのだろうか。

なんでそう思ったのかというと、以前に妹からスタートはユグドラシル王国にある広場からで、目の前に天まで届く大きな世界樹が見えると聞いたからだ。

しかし、今いる場所はその情報と照らし合わせても、何一つ符合しなかった。

オレが過去にプレイしたゲームで、似たような現象にあった事はある。

――と言ってもあちらはクソゲーで、ログインする度に最後にセーブした位置座標が大きくずれて知らない場所から始まるという、とんでもないバグだったが。

「仮にコレがバグだとしよう。そういう報告を全く聞いた事が無い〈アストラル・オンライン〉で経験するのは、とてもレアな体験じゃないか？」

前向きに考えると、取りあえず情報を集める為に散策してみる事にした。

近くの窓から外を覗くと、ガラスの向こう側には城壁っぽいものが見えた。

……城壁ってことは、もしかして城の中なのか。

更によく観察してみると、遠く離れた場所には明かりが一切なく、月の光で辛うじて城下町っぽいモノが確認できた。

どう見てもユグドラシル王国ではないが、ここがどこかの城の中なのは間違いない。

現状の入手できる情報から、自分に判断できるのはそんなところだった。

これからどうするか、周囲を観察しながら考えてみる。

取りあえず戦闘になる事も考慮して、ステータス画面を開いて自分のアバターのチェックをする事にした。

ＰＮ『ソラ』アバター『Ｍ型』レベル『1』。

ＨＰ『30』ＭＰ『30』筋力『20』物防『20』魔防『20』理力『20』敏捷『20』。

付与魔術師「1」。片手用直剣熟練度「1」。

アバターのステータスは『型』で違うらしい。

オレは中間のＭタイプで、ステータスは見たところ完全にバランス型だ。

身に着けているのは、スタート時に所持している始まりの衣服上下セットの布製のシャツとズボン。左の腰には、鞘に納まった初期選択した武器が下げられていた。

カテゴリー、片手用直剣〈エアスト・ブレイド〉。

装備要求ステータス『無し』レアリティ『Ｇ』。

軽く抜いてみた感想としては、少し物足りない重さだと思った。

やはり所詮は最初の武器だ。期待する方が間違っているのは十分に理解しているので、軽く素振りをして具合を確かめた後に、白銀に輝く剣を鞘に納める。

最後に画面を操作して、所持しているスキルを確認した。

【ジョブスキル】
〈エンチャント・ファイア〉・選択した対象に十分間火属性を付与、消費ＭＰ30
〈エンチャント・アクア〉・選択した対象に十分間水属性を付与、消費ＭＰ30

〈エンチャント・アース〉・選択した対象に十分間土属性を付与、消費ＭＰ30
〈エンチャント・ウインド〉・選択した対象に十分間風属性を付与、消費ＭＰ30
〈エンチャント・サンダー〉・選択した対象に十分間雷属性を付与、消費ＭＰ30
〈エンチャント・ダーク〉・選択した対象に十分間闇属性を付与、消費ＭＰ30
〈エンチャント・ライト〉・選択した対象に十分間光属性を付与、消費ＭＰ30

【初期武器スキル】

〈ソニック・ソード〉・突進した際に加速して攻撃を行うスキル。

〈ストライク・ソード〉・武器に応じて強力な一撃を放つスキル。


（――って、一回の使用でＭＰが30減るだと！　消費の設定がおかしくないか⁉）

これではレベルアップボーナスを、ＭＰに全振りしなければ使い物にならない。

メインとなる〈付与魔術師〉のスキル仕様に動揺したオレは、ハズレを引いてしまった感に、思わず苦々しい顔をした。

……まぁ、ゲームなら後で職業を変更できるだろう。

気を取り直したオレは、ウィンドウ画面を消して中断していた探索に戻る事にした。

「出鼻はくじかれたけど、このゲームの作りは悪くないぞ……ッ」

石造りの柱に触れて、手の平に感じた感触に微笑を浮かべる。

流石はクオリティを追求した、神ゲーと呼ばれるＶＲＭＭＯＲＰＧだ。

スカハイを除いた今までのゲームとは、比較にならない程に現実との差が分からない。

フルダイブ型のＶＲゲームといえば、製作のコストを減らすためにオブジェクトに触れても、見た目だけの張りぼてで質感がないケースが多い。

しかしこのゲームは、どうやら開発側が細かいところまでこだわっているらしい。

ひんやりと冷たく、ザラザラと手の平に確かな質量を感じさせる石の柱。

月の光に照らされて生じる影は、物理的な法則に従って自分の足元に生成される。

そして驚くべきは、現実の自分と遜色なく動かす事のできるアバター。

軽く反復横跳びをしてみても、下半身が折れたりしない。指先の一本一本が、ちゃんと閉じたり開いたりできる事に、感動すら覚える。

座標バグの疑惑はあるけど、アバターに関して全く問題は見当たらなかった。

ゲームの質の高さに微笑を浮かべたオレは、探索を続けて城の中を歩き回る。

そこで不意に、どこからか何かが近づいてくるような足音が聞こえた。

——カツン、カツン。

この足音の響き方、金属製の靴が立てる音ではない。

普通のゲームで考えるなら場内を巡回するのは警備兵のたぐいだと思うのだが、クソゲーで鍛えた自分の耳に聞こえる歩幅のリズムから、相手は大人ではないと推測できる。

警戒していると、その足音の主は月明かりの下に姿を現した。

「……銀髪の、女の子？」

正体を見たオレは、動きを止めて思わず呆然となった。

月の光で輝くツーサイドアップにした長い銀髪、金色の釣り目が印象的な美少女だ。

身に着けている洋風の黒いドレスは、彼女の銀の髪に良く似合っている。

ネームカラーが無色だから、NPCなのかPCなのか判別はできない。

冷静に考えるなら、こんな綺麗な少女が現実にいるわけがないので、この城のNPCお姫様だと考えるのが自然な流れだ。

そんな事を考えている一方で、彼女も立ち止まりジッと此方を見ていた。

ニュアンスとしては、不法侵入者に驚いている感じである。

まるで同じ人間が、そこにいると錯覚してしまう程の存在感だ。オレを見て何度もまばたきする様子は、彼女から明確な『知性』を感じさせる。

……お、お姫様、だよな。

此処からどう行動するべきなのか考えて、初対面で警戒している相手に先ずしなければいけないのは、挨拶だろうと思い至る。

でもこの場面で、最初にどう挨拶したら正解なのだろうか。

（ご機嫌麗しゅうございます？　それとも、お初にお見えになるでござる？）

冷静になって考えてみるが、どれも違う気がした。

悲しきかな我、コミュニケーション能力ゼロの、クソザコゲーマー。美少女との不測の出会いに対して、柔軟に対応できるだけの会話力なんて持ち合わせていない。

一体どうしたら良いのか分からなくて、少女を前にして額にびっしり汗を浮かべる。

そんなオレの困った顔を見て、彼女はくすりと笑った。

そして腰に下げている、装飾が施された剣を握り、ゆっくりと鞘から引き抜く。

言葉のキャッチボールではなく、剣で語る系の姫かッ⁉

軽い衝撃を受けながらも、現在自身の立ち位置を客観的にどう見たとしても不法侵入なのだから、警戒して武器を手にされても仕方がない。

刃を向ける彼女に、ちょっと待ってくれと口を開きかけたオレは、

ふと、少女の頭上に表記された名前を見て、見覚えのある文字列に言葉を失った。

――〈終焉の魔王〉シャイターン。

錯覚なのではないかと、思わず指で目を擦ってしまう。

しかし、何度注目してみても、彼女の頭上にある名前は変わらなかった。

さて、ここでゲームを開始した時の最終目標を思い出してみよう。

「世界を侵略しようとしている〈魔王〉シャイターンを倒す事が最終的な目標……」

目の前にいる美しい少女の名前は、一字一句が魔王と全く同じ。

という事は、オレの目の前にいるあれは、ラスボスなんじゃないか。

その証拠に警戒して腰に下げている剣の柄を握ると、敵の名前の下に今まで無かった真っ赤なＨＰゲージが十本も出現する。同時に少女から、これまで感じたことがない程の底冷えするほどの強大な存在感が解き放たれた。

「……ッ⁉」

全身から、ぶわっと汗が噴き出す。ハッキリ言って、肌に感じる彼女の威圧感は、今の自分では逆立ちをしても勝てそうにないレベルだった。

これって、チュートリアルなのか？

現状を必死に分析して、辛うじて出せる答えはそれくらいだった。

なんせ目の前にいるのはラスボス、負けが確定している状況である。

でもこの一週間、オレは周りから最初に魔王と戦うなんて聞いた事がなかった。

イベントで美少女魔王と遭遇したら、今頃SNS上でみんなゲームのラスボスが可愛すぎる件について大盛り上がりしているはずだ。

だから、ここで更に二つの可能性を考えた。

一つ目は、奇跡的に自分だけに発生したバグである事。

そして二つ目は、ランダムで発生する特殊なイベントである事だ。

前者ならば、どうしようもないので死ぬしかない。リスポーンがどうなるのかは気になるが、ここに戻ってきたら大人しくゲームのプレイを諦めよう。

だが後者ならば、話は大きく変わる。

何故ならばレベル一のプレイヤーに、魔王と良い勝負になる程度の何らかの補助が必ずあるはずだから。それが何なのかは分からないが、少なくとも魔王にただ一方的に蹂躙される事は無いはず。

――と、色々と考えてみたけど、どちらにしても魔王がこの段階で倒せるわけがない。

回復する手段が無いので、負けることは確定していた。

(でもオレはゲーマーだ。全力で負けイベントを覆してやる！)

魔王は不屈の闘志を燃やすオレに、冷笑を浮かべ歩み寄ると、

『いささか驚いたが、その程度のレベルで妾の前に現れるとは神も残酷なことをする』

憐れむような言葉を呟いて、いつの間にか目の前に出現した。

彼女は手にした剣を上段に振り上げ、そこからオレに向かって一気に振り下ろす。

とてつもなく速い。脊髄反射だけで反応したオレの身体は、辛うじて腕を動かすと腰に下げている〈エアスト・ブレイド〉を引き抜いた。

刀身を斜めに、一か八か受け流しを試みる。

「ぐ……ッ⁉」

魔王の放った斬撃はまるで、巨人の剣を受け止めるかの如く重い。

歯を食いしばって耐えながら、激しい火花を散らして軌道をずらすことに成功する。

狙いが僅かに逸れた刃は、そのまま自分の真横の空間を切り裂いて石造りの床に叩きつけられる。その際に部屋全体が大きく振動する。

やはり加護が働いているのか、オレのＨＰは２ポイントしか減らなかった。

ぶっつけ本番で冷や冷やしたけど、幸いにもアバターとの同期誤差は全くないようだ。

急いでバックステップして、魔王から距離を取り油断なく剣を構えた。

『……なんと』

相対する魔王からは、驚きの声が漏れる。

どうやらレベル一のオレが、初撃を受けきった事にビックリしたようだ。

これで「雑魚が調子に乗るな」とキレてくれると助かるのだが、彼女は少し考えるような顔をするだけで、冷静さを失ってはくれない。

数秒間のにらみ合いをすると、シャイターンは何も持っていない左手を此方に向けた。

モーションからして、明らかに剣による攻撃ではない。手の平を中心にして深紅の魔術陣が展開されると、急に周囲が赤く染まり始めた。

「これは、まさか」

燃え尽きろ、と彼女の小さな唇から死の宣告が下される。

それは実況動画で何度か見かけた、〈アストラル・オンライン〉では魔術師だけが使用できる火属性の中級魔法〈ファイア・ストーム〉だった。

肌にビリビリと感じる威圧感から、オレは魔術陣から放たれる威力を察する。

……恐らくこのアバターでは、加護在りでも即死は免れない。

残念ながら、広範囲に及ぶ攻撃を防御する術は、今の自分にはない。

だから少しの希望を見出すため、魔王に背を向けると視線の先にある大きな柱を目指して、全力のダッシュをした。

背後では、容赦なく巨大な炎の嵐が放たれる。チラリと見た炎が迫る速度から瞬時に計算し、初期値の敏捷では柱まで間に合いそうになかった。

だから次に選択したのは、初期で使えるスキルの一つ。アバターの移動速度を一時的に加速させて、敵を攻撃する技〈ソニック・ソード〉。

本来は、モンスターに向かって使用するスキルを、オレは回避の為に使用した。

「間に、合えぇぇぇぇぇぇぇぇぇぇぇぇぇぇぇぇぇぇぇぇぇぇッ！」

右上で一ずつ削れるHPに冷や汗を流しながら、背後から迫る火炎に飲み込まれる寸前に、柱の後ろに頭から全力のヘッドスライディングをする。

すると危ないところで、柱の裏に隠れることに成功した。

急いで体育座りをして衝撃に備えたら、背後から迫っていた炎は柱にぶつかり、左右に割れて真横を通過した。

『ほう、見事な立ち回りだ。流石は天上の冒険者だ』

精一杯の粘りを見せるオレに、シャイターンは感心の声を漏らした。

それから余裕の表れなのか、ゆっくりと歩み寄る音が聞こえる。

（HPは残り8しかない。回復はできないから、地味に削り殺される事を選ぶか、それとも全力で攻撃して一矢報いるかの何方かだな……）

少しだけ考えた後、オレはヤツに一泡吹かせる事にした。

ここで遂に、温存していた〈付与魔術師〉の付与スキルを発動。

相手は魔王であることから、闇属性だとメタ読みをして光属性を選択する。

ゲームだと闇の弱点は、大抵は光属性である。淡い金色に輝く光の粒子を纏ったオレは、覚悟を決めてタイミングを見計らった後に、勢いよく飛び出した。

刺突のスキルを使用する為に〈エアスト・ブレイド〉を横に構えると、突進スキルと併用して魔王に急接近する。

咄嗟に右に薙ぎ払う斬撃が放たれたが、集中しているオレは身を低くしてギリギリ回避、手を伸ばせば魔王に届きそうな距離までやって来た。

『良い反応速度だ、レベル1とは思えないなッ！』

懐に飛び込むことに成功したら、そのまま身を捻り剣に鮮烈な青い光を纏った。

選択する攻撃スキルの名は、強力な刺突技の〈ストライク・ソード〉。

回避も防御もしない、魔王の胸を狙い全身全霊を乗せて剣を根本まで突き刺す。

所詮はレベル1の攻撃だと、シャイターンは侮っていたのだろう。

だけど最初の斬撃を受け流した時に生き残り、更には魔法の直撃を受けなかったとはいえHPが1ずつ減るだけに止まっていた事に、彼女は注目するべきだった。

イベントの補助を受けているオレの極光の一撃は、油断していた魔王のHPを一気に十本ある内の一つを消し飛ばす程の大ダメージを叩き出した。

『ぐぅ――ッ!?』

彼女から真っ赤な、鮮血(せんけつ)のダメージエフェクトが発生する。

シャイターンは、自身が受けた痛みに対し、この上ない至福の笑(え)みを浮かべた。

そしてお返しと言わんばかりに、剣が胸に刺さったまま黒いスキルエフェクトを発生させ、刺突スキル〈ストライク・ソード〉を放った。

「――がはッ!?」

今度は視認(しにん)する事すら困難な一撃を胸に受けて、衝撃の余り握っていた剣から手が離れる。そのまま魔王は、オレを背後の柱に標本の様に磔(はりつけ)にした。

胸に異物感はあるが、まったく痛みは感じない。

フルダイブ型のゲームでは安全が第一だ。痛みがあるとプレイが困難になるので、基本的にダメージがフィードバックされる事はない。

視界の右上にある初期値のライフゲージは、残っていた『8』から更に減少を始めて、見ているうちに『0』になった。

柱と一体になって動けない身体は、末端(まったん)の方から徐々(じょじょ)に光の粒子となって散り始める。

「まぁ、負けるよな……」

何時(いつ)まで経っても、何故(なぜ)かゲームオーバーの表記は出てこない。

敗北を受け入れ、ぼんやりと待っているオレに魔王は鼻先が触れそうなくらいに顔を近づけると、右手に何やら魔術陣みたいなのを展開させた。

おお……この特殊イベント、負けて終わりじゃないのか。

顔の近くにある魔王の美貌に、少しだけドキッとしてしまった。

これから一体どんな特殊な展開が自分の身に起きるのか想像もできなくて、魔王様には悪いけどゲーマーとしては少々ワクワクした。

そんな敗者なのに、目を輝かせるオレに魔王は苦笑した。

『まったく、初めてこの最果ての城にやって来たのが貴様で、オマケにレベル１とは……』

「いやぁ、オレもびっくりだよ。まさか魔王と戦う事になるなんて思わなかったから」

『……まぁ、良いだろう。怖じけずに立ち向かってきた勇気を讃えて、神から選ばれた貴様に妾から素敵なプレゼントを贈ってやろう』

「ぷ、プレゼント……？」

『妾が気に入った貴様が、この世界から絶対に逃れることができないようにする、とっておきの贈り物だ。心の底から感謝して有り難く受け取れ――冒険者ソラよ』

準備を終えたのか、魔術陣を握りつぶした彼女はオレの額に口づけをした。

「――――――ッ!?」

肌にダイレクトに感じる柔らかい感触。口づけから先ほどの魔術陣が展開されて、そこから何か良く分からないモノが自分の中に流れ込んでくる。

魔王はゆっくり離れると、正面から間近で視線を交わす。

「ふふふ、この地で貴様をずっと待ってるぞ」

まるで愛の告白のようなセリフだった。

ラスボスからの挑戦状を受けたオレは、頷いて胸の内から熱い闘志が沸き上がる。

最強の敵との約束、これに熱くならないゲーマーはいない。

「魔王シャイターン、オレは必ずおまえを倒しに戻ってくるからなッ！」

それはオレと魔王が交わした一つの約束。

微笑む魔王の腕の中で、身体が完全に消滅すると視界が暗転した。

①

……流石は魔王だ。とても強かった。

それとすごく可愛いなんてずるい。あんなのを見てしまったら「俺は可愛い魔王の味方になるぜ！」と冒険者の中から離反者が出てくるのではなかろうか。

実際にラスボスを可愛くしたオンラインゲームで、一部のプレイヤー達が絶対に攻略させまいとラストダンジョンの前を陣取る珍事件があったのは記憶に新しい。
今後の大きな不安材料の一つだと思いながら、真っ暗な闇の中でオレの目の前に〈魔王〉シャイターンとの戦闘結果が表示された。

【魔王との戦闘に敗北しました】
死亡により天命残数が１００から99に減少しました。
戦闘貢献度に応じた経験値を獲得しました。
プレイヤーレベルが１から20に上がりました。
〈片手用直剣〉の熟練度が１から20に上がりました。
〈付与魔術師〉のレベルが１から20に上がりました。
ジョブポイントを76獲得しました。

【ジョブレベルが20になった事により、下記のスキルを新たに獲得しました】
〈エンチャント・ストレングス〉・対象に十分間攻撃強化を付与、消費ＭＰ30
〈エンチャント・プロテクト〉・対象に十分間防御強化を付与、消費ＭＰ30

〈エンチャント・アクセラレータ〉・対象に十分間速度強化を付与、消費ＭＰ30
〈エンチャント・シュプルング〉・対象に十分間跳躍強化を付与、消費ＭＰ30
〈エンチャント・ゲズントハイト〉・対象に十分間状態異常耐性を付与、消費ＭＰ30

【特殊条件の達成を確認、ユニークスキル〈ルシフェル〉を獲得しました】
〈ルシフェル〉のサブ効果によって、下記のスペリオルスキルを取得しました。
〈物理耐性〉効果：物理ダメージの耐性値が常に上昇。
〈魔法耐性〉効果：魔法ダメージの耐性値が常に上昇。
〈状態異常耐性〉効果：状態異常に対する耐性値が常に上昇。
〈魔力の効率化〉効果：ＭＰ消費が常に十分の一に減少。
〈洞察〉効果：目で見た全ての情報を見抜く。
〈感知〉効果：設定した範囲内、最大二十メートル内の情報を知覚する。
〈技能の熟達者〉効果：ジョブポイントの獲得数を四倍にする。

天命残数というのは良くわからないけど、どうやら戦闘で負けても経験値が入るらしい。負けてもレベル１から20まで上がるとは、流石は魔王と言ったところか。

しかも、ユニークスキル〈ルシフェル〉の副産物で色々と便利そうなスキルを取得することができた。その中で注目したのは〈魔力の効率化〉と〈技能の熟達者〉だった。

常に効果が発揮されるのなら、これで〈付与魔術師〉の設定ミスを疑うようなスキルの消費MP30は十分の一に減少する。

合計で十回も使えるようになれば、レベルアップボーナスをMPに全振りしなくて済むので、前線でも十分に戦えるアバターに強化することができるはずだ。

ジョブポイント四倍に関しては、今は確認できないから後で調べてみよう。

「それにしても、すっごいレベル上がったな……」

最初のスタート地点にすらまだ立っていないのに、先日妹から聞かされた入手方法が特別なクエストでしか入手できないスペリオルスキルを、合計で七つも獲得して更にはレベル20に到達してしまった。

自分が今朝のゲームニュースで確認した時に、このゲームの現在のトッププレイヤーの最高レベルはまだ19くらいだったのを覚えている。

もちろん、この一週間を休むことなくぶっ通しでやった結果ではなく、命に関わらないラインで頑張った結果である（無理をしたプレイヤー達は、全員言うまでもなくVRヘッドギアの安全装置が働き、緊急搬送される姿が報道されていた）。

それを開始して一時間もしない内に越えてしまったのだから、ゲームの仕様とはいえ何だかズルをしたような気分になり、少しだけ申し訳なく思う。

これを見たら、始まりの広場で待っている親友達はとても驚くだろう。

想像して苦々しい顔をすると、今まで真っ暗だった闇が晴れる。

まぶしい光に、思わず目を細めた。

システムアシストが働いてぼんやりしていた景色が明瞭になり、視界いっぱいに彩り豊かな中世のヨーロッパみたいな街が姿を現す。

「……うわぁ、綺麗な街だな」

目の前に広がった景色に、素直な感想が口から零れた。

遠く離れた場所に見えるのは、地上から天まで届く巨大な世界樹。この始まりの王都の名前にもなっている〈ユグドラシル〉の新芽だ。

数日前に妹から聞いたのだが、この世界は〈ユグドラシル〉を育てる為の土壌らしい。

だが数百年もの年月をかけて、未だに新芽までしか成長していない。

その原因は、人々の心の闇から生まれた魔王〈シャイターン〉の存在だと神は告げ、そして魔王を倒す為に神は、天上に住む『冒険者』をこの世界に召喚した。

まぁ、近年のファンタジー小説で良くある召喚された勇者の物語が、この〈アストラル・

オンライン〉というゲームのコンセプトである。

「良いね、実にファンタジーって感じだ」

周囲を見回してみる、ここはどうやら全てのプレイヤーが最初に踏みしめる場所、始まりの広場に間違いないようだ。

後を振り返るとそこには、神が召喚の媒体として設置した世界樹の枝〈ユグドラシルブランチ〉があり、新しい冒険者達を歓迎するように光の粒子を降らせている。

世界樹の一欠片が魅せる美景を堪能すると、オレはそこで本来の目的を思い出した。

そういえば魔王との一件で、待ち合わせに大遅刻をしているのだ。きっと今頃二人に「アイツは何やってるんだ？」と言われていることは間違いない。

慌てて意識を切り替え、周囲に視線を向ける。

親友達の事だ。自分と同じで、きっとアバターの姿はそこまで弄っていないはず。

後は一週間前に始めた彼らが、いつまでも初期装備でいるとは考えにくいので。そこを考慮して探せば、新規プレイヤーが沢山いるこの場所でも、簡単に見つかるはずだ。

「……それにしても、何だか周りから見られてるなぁ」

リスポーンした時からなのだが、肌にずっと視線を感じている。

なんとなく周囲を見回してみたら、同じ初心者である冒険者達が立ち止まって、オレの事をじっと凝視していた。

――たしか他者のレベルなどの詳細な情報は、基本的には〈洞察〉とか〈鑑定〉のスキルがないとプレイヤーネームしか見えないはず。

容姿などに特筆すべきものが何もない自分が注目されるとしたら、現状ではこのアバターがレベル20になった事で強者のオーラみたいなものが溢れ出ている事だ。

もしもそうだとしたら、自分にはどうする事もできない。

何故ならば、気配を隠す事ができる隠蔽スキルは、一つも取得していないからだ。

「忍者の職業なら、そういったスキルを使えるんだろうな。……まぁ、無いものねだりしてもしょうがないんだけど」

おまけにリスポーン時から、身体の感覚に違和感が生じている。

分かりやすく一つ挙げるなら、視界が低くなっている気がするけど、もしやこれはデスペナルティというやつだろうか？

しばらく経てば元に戻るとは思うが、右上のＨＰゲージの下に表示されているのは全ステータスの低下を表したもので、視界関連のデバフは一つも見当たらない。

まさか特殊イベントのバグか、と思わず溜息が出てしまった。

「まったく、始まって早々にトラブルだらけだな……」

不満を呟いて、二人の姿を探し続ける。

数分くらい掛けて、そこでようやく人垣から離れて他の冒険者達と同じように自分を眺める、騎士と魔術師の恰好をした二人の姿を見つける事ができた。

黒髪ツンツンヘアーの、百八十センチのイケメン。黒いローブを羽織り槍を握っている魔術師っぽいプレイヤー『シン』は、間違いなく親友の真司だ。

その隣には、茶髪で天然セミショートヘアの、人当たりの良さそうな爽やかな好少年がいた。軽量を重視した首から下のアイアンアーマーに加えて、左手にはヒーターシールド、右手に装備しているのは、ヒーターシールドに似ているが形状が違う。下半分の縁の部分が鋭い刃状になっており、武器を兼ねた複合装備っぽい。

両手に盾という、変態的な装備をしているプレイヤー『ロウ』は、オレの記憶の中では親友の志郎しかいない。

予想していた通り、二人は見た目を全く弄っておらず、顔はリアルのままであった。

注意深く見ていると、入手したばかりの〈洞察〉スキルが自動で発動する。

意図せずに二人のステータスを覗き見ると、レベルは両者共に18だった。

ゲームを始めたばかりの友人が、いきなりレベル20になっている事を知ったら二人が驚くのは間違いない。

先ずは遅刻したことに、申し訳なさそうな顔をして真っすぐ走り寄ると、オレは即座に彼らに対して頭を下げ謝罪をする事にした。

「ごめん、二人とも待たせた！」

ちょっとだけ緊張していた為か、何だか少女のような高い声が出てしまう。

周囲の冒険者達が大きくざわめく中で、謝罪をされたシンとロウは顔を見合わせ、まるで他人に接するかのような丁寧な物腰でこう言った。

「君は、何か人違いしてないか？」

「ボク達は親友と待ち合わせしているんです。君みたいな綺麗で可愛い女の子は、申し訳ないのですが記憶にありませんね」

「…………………………女の、子？」

想定外のリアクションをされて、思考が止まった。

女の子と言われたオレは、そこでようやく冷静になり、自分の異変を正しく認識した。

――百七十センチくらいだった身長が、百六十センチくらいになっている。

服装は男子用のズボンから、女子用の短パンに変更されていた。

更に先程から背中に何かが当たると思っていたら、スタート時は短かった黒髪が何やら腰まで伸びていて、オマケに色が日の光を浴びて輝くような銀色になっていた。

しかし、何よりも衝撃的だったのは、胸に触れた際に両手に残る柔らかい感触である。

リアルの性別は紛れもなく男だ。

こんな――〝触って分かるほどの胸なんて、自分には絶対にない〟。

「な、ななな何がどうなって……」

動揺の余り、清流のような声が上ずってしまう。

ゲームを始めて魔王と戦った時までは、間違いなくオレのアバターの性別は男だった。

それなのに何で今は、性別が『女』になっているんだ。

慌ててステータス画面を呼び出し、そこからアバターのプレビュー画面に切り替える。

するとスタート時に見た少年の姿は影も形も残っておらず、代わりに目も覚めるような美しい銀髪碧眼の美少女の姿がそこにはあった。

「う、嘘だろ……」

その疑問にサポートシステムが応えると、目の前の画面が切り替わる。

表示されたのはステータス画面だ。複数の項目から一つのバッドステータスが点滅で強調されたので注目してみると、そこには魔王からのプレゼントがあった。

バッドステータスの名は――〈魔王の呪い〉。

記載されている効果は、シャイターンに呪われた者の性別が反転する代わりに、ユニークスキル〈ルシフェル〉を取得する事。注意事項として、〝この呪いは永続でかけた魔王が倒されるまで、あらゆる手段を用いても解けることはない〟。

「魔王を倒すまで、解ける事がないだと……？」

とんでもない贈り物を貰ったオレは、困惑する親友達を目の前にして頭の中が真っ白になり、その場に立ち尽くした。

②

あれから何とか立ち直ったオレは、とりあえず現状を二人に説明しようと思った。

しかし沢山のプレイヤー達に見られている中で、自分に何があったのかを話すのは流石に不味い気がする。

もしも魔王と遭遇してオマケに呪われたなんて話が広まれば、今後色んなプレイヤー達から、容姿以外でも注目される事になるからだ。

それに自分が銀髪少女ではなく、中身が上條蒼空だと二人に納得のいく説明をする為には、二人にリアルの話もしないといけない。

だから最初にやるべき事は、この場からの即時離脱だと判断した。

幸いにも以前にプレイしたVRスパイゲームで、女装して潜入するものがあったので女の子のふりをするのは得意だった。

「やだな～、お兄ちゃん達、今日一緒にゲームやるって約束したじゃない」

「え、はぁ？」

「き、キミは何を言ってるんですか？」

「ほらほら、ボサッとしてない、此処から離れるよ！」

スパイゲームで常に少女の判定をもらえなければ、即座に失敗に繋がるミッションを完遂したオレにとって、女の子のふりをするだけなんてぬるま湯すぎる。

実に親しそうな感じで自然に振る舞い、二人に小さな声で面を貸すように囁くと腕を掴んで引っ張る。背後からは、何やら舌打ちと共に羨ましそうな視線を感じたが、そんなものは構う必要は無いので全て無視だ。

普通なら小さな少女が、高校生二人を引っ張るなんて不可能である。

だが二人はレベル20の高い情報圧――VRゲームの用語で、レベルを上げる事で増えるデータ量――から只者ではないと判断したのか、大人しくついて来てくれた。

そうしてしばらく、街の中を探索していると小さな店の隣に程よい路地裏を見つけた。

オレは真っすぐにそこに向かい、未だ手を繋いでいるシンとロウを押し込んで、最後に自分も路地裏に入り身を隠した。

薄暗い通路で改めて二人に向き直ると、これから起きることに彼らは警戒心を最大にして身構えている様子だった。

（まぁ、誰だってそういう感じになるよな……）

彼らの視点だと、自分達と同じかそれよりもレベルが高い美少女が知り合いを装って近づいてきて、そのまま怪しげな路地裏に連れ込まれたのだ。展開としてこの後に考えられるのは、罠で他のプレイヤーたちが出て来て袋叩きにされる事か。

だがこちらに関しては、安全エリアである街の中では絶対に起きないし、決闘以外で他者に危害を加えれば罪過数がカウントされてしまう仕様だから有り得ない。

罪過数は一定値まで貯まると、天命残数が一ずつ減少を始めるので一部のプレイヤーからは、このゲームでは悪役プレイングが否定されていると低評価されている。

それなのに警戒するという事は、彼らが知る何らかの脅威が存在するのだろうか。

考えながらオレは、誰も聞いていないか試しに〈感知〉スキルを使用する。

広げた感覚内では幸いにも、遠巻きで此方の様子を窺っているのが数名いるくらいで、話が聞こえる距離まで接近しているのは一人もいなかった。

これならば、ここで話をしてもその内容を聞かれる心配はなさそうだ。

「良いか、一回しか言わないからよく聞けよ。オレは――上條蒼空、神里高等学校の二年生でお前達と十年の付き合いがある親友だ」

「蒼空……？　じょ、冗談だろ？」

「え、ちょっと待って下さい。ボクの記憶だと確かこのゲームって性別変えられませんでしたよね。その姿で蒼空っていうのは流石に有り得ないんじゃ……」

二人は少女が、オレの仕込みなのかと疑ったのだろう。

周囲を見回し、どこかで様子を見ているんじゃないかと探した。

そんなシンとロウに、自分はやむを得ないとリアルの名前と三人だけが共有している他人には絶対に知られてはならない、極秘情報を暴露する事にした。

「高宮真司、おまえの妹はチャンネル登録者数が百万人の有名な歌い手だ」

「ヴぐ……な、なぜその事を……ッ」

「上月志郎、おまえは姉が男装していただけじゃなく、有名なASMR配信者だった事を知って陰ながら応援してるんだよな」

「だ、誰にも言わないと約束したそれを、知っているということは……ッ」

「そう、オレが紛れもなく上條蒼空だからだ。おまえたちも知っていると思うけど、オレは親友から聞かされた秘密を他人に喋るほど、口は軽くないぞ？」

「「……確かに」」

話を聞いて、どうやらすんなりと納得してくれた様子。

二人は次に「なんで銀髪少女になっているんだ？」と当然の疑問を口にした。

「正直に話すよ。実はゲームをスタートしたら、知らないお城の中だったんだ。そんで探索してたら銀髪の可愛い女の子がいて、話しかけたらその子が魔王シャイターンって名前で、そこから戦闘が始まって負けたら呪いを貰ってこんな姿に……」

「スタートしたら目の前に魔王がいたか、たしかにそんな情報は一度も聞いたことないな」

「一応検索してみましたが、やはり同じ現象にあった人はいませんね」

ＶＲヘッドギアの、ゲームプレイ中でもインターネットにアクセスできるマルチタスク機能を使用しているロウが、残念そうな顔をして首を横に振った。

オレは両手を上げて見せ、お手上げだと苦笑した。

「いやはや参った。まさかゲーム初日にこんな目に遭うとは……」

他のゲームならば、最悪アカウントを消して再度作り直すという手段もあるのだが、このゲームは一度作ったアカウントは消せない上に二つ目を作る事もできない。

ここで一つ解説すると、そもそもスマートフォンと違いＶＲヘッドギアは原則として契約者は一つしか持てないようになっている。

それは法律で定められており、たとえ二つ目を購入しようとしても今持っているヘッドギアが回収されなければショップで断られる。

ならば別の人のヘッドギアを借りたらできるのかというと、それも不可能だ。

ＶＲヘッドギアは生体認証でしか起動できない、もしも途中で他の人が使用しても即座にエラーが出て、電源が落ちるようになっている。

色々と検証していた動画実況者も、最終的には諦めていた。

とにかく現状でオレが言えるのは、アカウントを消して男の冒険者でのやり直しはできないので、諦めて銀髪美少女の冒険者としてゲームをプレイするしかないという事だ。

まさか美少女魔王との戦いの末に待っていたのが、ＴＳ展開とは誰が予想できるか。

シンはオレの姿を改めて見ると、なんとも言えない顔をした。

「つまりアレだな、ソラは呪いのせいで魔王を倒すまでその姿のままってことか」

「まぁ、この呪いの詳細を見ている限りだとそうなるな」

「ソラがこんな姿でプレイしてるって知ったら、シオさんもびっくりしそうですね」

「……兄がネカマを始めたって知られたら、色々と面倒そうだぁ」

シオとはオレの妹、詩織がゲーム内でよく使用しているＰＮである。

昔から学級委員長を任される事の多いしっかり者の彼女が、この姿を見たら驚きの余り気絶しそうな気がした。

ロウから同情するような視線を向けられて、思わずため息が出てしまう。

銀のストレートヘアに整った顔立ち、以前の自分の面影は欠片も残ってはいない。細い手足といい、正直に言って全てが完成されている。

アバターの完成度に何とも言えない顔をすると、取りあえず魔王との戦いで獲得したポイントを割り振る事を優先して、自分のステータス画面を開いた。

ＰＮ『ソラ』、アバター『Ｓ型』レベル『20』。

ＨＰ『６００』ＭＰ『30』筋力『10』物防『10』魔防『10』理力『20』敏捷『50』。

付与魔術師『20』片手用直剣 熟練度『20』。

衣服装備〈駆け出し冒険者の服〉

右手装備〈エアスト・ブレイド〉

Ｍ型からＳ型のアバターになった事で、ステータスにかなりの変更点がある。

分かりやすく言うなら、バランス型からスピード特化型になった感じだ。

見たところ、ＨＰはレベルアップ時に自動で数値が上がる仕様のようだが、他の能力は自分で選んで上げないといけないらしい。

取りあえずオレが二人に確認した各種パラメータの基本的な仕様は次の通りだ。

『HP』持久力が上がり、隠し効果として疲労値がたまり難くなる。
『MP』魔力の総量だけでなく、隠し効果として状態異常の耐性力が上がる。
『筋力』物理攻撃にプラス補正が入る。
『物防』物理攻撃に対して耐性力が上がる。
『魔防』魔法攻撃に対して耐性力が上がる。
『理力』魔法や奇跡などの効果にプラス補正が入る。
『敏捷』素早さに加え、スキルの発生速度や硬直時間の短縮などのプラス補正が入る。

どれもかなり重要なステータスで、欲を言うと均等に上げたくなる。

だけどオレは、獲得した手元にある限られた190のポイントから考えて、冷静に自分の職業と戦闘スタイルからどんなビルドにするか決めた。

「良し！　オレのビルドはこうだ！」

その結果――MPが『60』筋力が『70』敏捷が『150』となった。

〈付与魔術師〉によるサポート兼アタッカーとして活躍する為に防御を捨て、MPと筋力にポイントを少々振って残りを全て敏捷に全振りしたスタイルだ。

「……それはまた、すっげぇビルドになったなぁ」

「ええ、今日始めたばかりのプレイヤーのステータスではありませんよ」

オレから説明とステータスを聞いた二人は、ややドン引きした顔をする。

まぁ、確かにこんな目立つ容姿をしたプレイヤーがいきなり最前線に姿を現したら、一体何事なのかと他の人達は思うかもしれない。

全くだと同意して、オレは今後どうするのかを二人に語った。

「本当はこの一回のプレイでやめる予定だったけど、ラスボスの魔王と戦って気が変わった。今後はオレもゲームの攻略に参加して、そして誰よりも先にあの女と会って倒す！」

「おお、今日だけかと思ってたけど続行するのか！」

「良いですね、そのプランにボクも乗りましょう！」

二人は、オレがアストラル・オンラインを続ける事がよほど嬉しかったらしい。目を輝かせて、最終目標である『ラスボスとの再戦』の手助けを約束してくれた。

話が決まると、ロウは率先して路地裏から出て遠くに見える、王都の外に広がる大草原を指差した。

「それでは、三人で軽く戦闘に行ってみましょうか」

「それもそうだな。……そういえば、ソラは職業って何を選んだ？」

「うん？　そういえばまだ言ってなかったか。お前らは騎士と魔術師だろ、それをサポートできるようにバッファーの〈付与魔術師〉にしたよ」

「「…………………………………………………は？」」

オレの言葉を聞いた二人が、揃って面食らった表情をする。

ニュアンスとしては、何でそんな職業をという感じだった。

そんなリアクションをする原因は、間違いなく付与魔術師のバカみたいなスキルのMP消費量である事を察したオレは、彼らに続けてこう言った。

「ああ、〈付与魔術師〉を選んだけど安心してくれ。魔王から呪いでユニークスキルを手に入れて、その副次効果でMP消費を常時十分の一にする〈魔力の効率化〉も入手したから普通に使えるように……ッ」

ガシッと、二人からいきなり両肩を掴まれた。

二人は大きく深呼吸をして、それから口を大きく開けると、

「「な、ななんだってえええええええええええええええええええええッ⁉」」

衝撃的な話を立て続けに聞いた二人の心の底からの叫び声は、地震が起きたと錯覚させるほどに凄まじいモノだった。

——そこからは大変であった。大声を聞きつけた王都の衛兵が、事件なのかと思って裏路地の出入り口に集まり、危うく二人は少女誘拐が目的の悪い冒険者に勘違いされて拘束されて。それをオレが誤解だと説明するのに、かなりの時間と労力を要した。

衛兵達から注意された後に解放されると、オレ達は道具屋で回復アイテムを集め、王都の外に友人達と初めての冒険に出かけるのであった。

③

ユグドラシル王国に唯一ある大門から出た先は、初心者なら誰もが二番目に踏みしめる最初のマップ〈ジェントル草原〉である。

複雑な地形は一つもないシンプルな作りで、いきなり初心者プレイヤーを殺しに来るような上級者向けの仕掛けは一切ない。

実に平和で、のどかな草木と採取クエストの対象であるピンクの花〈クラウトフラワー〉の香りで満たされた風景が広がっている。

前方の奥に見えるのは、精霊の森というマップらしい。

西の方角にある広大な大森林で、精霊達が定めた道を外れた際に、元の道に戻されると先ほど門番の人から聞いた。

しかも初代精霊王の力によって森は守られているようで、あらゆる攻撃を受けても森にある植物を傷つけることはできないとの事。

草原からの広大な森とは、実にファンタジーで定番の並びではないか。

目の前に広がる世界にワクワクしていると、優しい風が吹いて回復アイテムの原料の一つ〈ヒーリングフラワー〉の花びらが自分を歓迎するように舞った。

頬を撫でる風と、それに乗って運ばれる花の香りが実に気持ち良い。

こうして立っているだけで、最近までプレイしていたクソゲーのダメージが癒され、アバターが女の子になった事を忘れてしまいそうだった。

「良いマップだ。最初のバトルフィールドとしては満点だな」

小さな深呼吸をすると、周囲を見回す。

そこでは一週間前にリリースしたばかりという事もあり、レベル5の水色のゼリーみたいな三十センチの球体——スライムと戦っている多数の初心者プレイヤーを見かけた。

やはり序盤の狩場といえば、最初のフィールドになるのはどのゲームも一緒だ。

ちょうど近くに湧いたスライムを見ると、自分も腰に下げている剣を抜いた。

「今の身体の具合と、ステータスの変化を試してみるか」

身体が小さくなっているのだ、以前と感覚は全く違うので先ずは慣れないといけない。

抜いた剣の柄を何度も握り直し、重さと感触を確かめる。

いくつか覚えた中で選択するスキルは、新しいスキルではなく魔王との戦いのときに使用した、突進攻撃〈ソニック・ソード〉だ。

離れた場所にいるスライムに狙いをつけると、剣を横に構えて金色のスキルエフェクトを発生させて駆け出した。

「──ぬわぁ⁉」

強化した敏捷１５０によって、想定していなかった急な加速にビックリした。

喩えるならば、背中にロケットブースターを取り付けたような感覚。

なんとか姿勢を制御して転倒は避けるが、前方にいたスライムをあっという間に通り越してしまった。

「なんの、これしきッ！」

要領をすぐに掴んだオレは、姿勢を制御してその場で反転する。

強化した敏捷によって、クールタイムが五秒から四秒に短縮された〈ソニック・ソード〉を再度発動させると、スライムに一気に接近した。

今度は通り越さずに、タイミングを見計らい剣を左から右に一閃。

金色の斬撃を受けたスライムは、真っ二つになり光の粒子となって消滅した。

【スライム一体の撃破と経験値の取得。ドロップアイテム〈スライムゼリー〉２個を入手】

今の戦闘結果の報告が、無感情な女性の声でアナウンスされる。

オレは軽く素振りをしながら、今の感覚を忘れないように頭の中にインプットする。

「うん。今ので大体は掴めたかな……うん？」

そこでふと、同じ草原でスライム狩りをしていた他の初心者プレイヤー達の視線が、全て自分に集中している事に気が付いた。

みんな頭の上に「なんだ今の凄い動きは？」とクエスチョンマークが浮かんでいる。

冷静に受け止めて、こんな上から下まで初心者装備のプレイヤーが上級者みたいな動きをしたら、誰だって注目されると考える。

愛想笑いを浮かべた後に、オレは上級者装備のシンとロウの側に逃げた。

そんな自分を二人は、苦笑いしながらも小さな拍手で迎えてくれた。

「すごいな、元の身体とは違うのにもう〈ソニック・ソード〉を使いこなしたのか」

「ハハハ……、知っていましたけど、ソラは相変わらず順応力が高いですよね」

「おう、伊達に色んなVRゲームしてないからな。例えば今の動きだけど、ミサイルみたいに高速で水中を泳いで獲物を連続で食い殺さないと、高得点を出せないサメになるのに比べたら、手足でコントロールができるだけかなり楽だな」

「……サメ？」

「ボクは時々、ソラの事が分からなくなります……」

「ロウ、こいつが変わっているのは昔からだろ？」

「ふふ、そういえば、そうでしたね」

「う、うるさいうるさいうるさいッ！」

残念な人を見るような目を向けられて、オレは顔を真っ赤にしてまくし立てた。

親友二人は、そんな反応を見て、ニコニコと満面の笑顔である。

ぐぬぅ、こいつら揃って余裕を見せやがって……。

こめかみに青筋を浮かべて〈決闘〉を申し込んでやろうかと思っていたら、殺気を感じ取った二人は速やかに「すみませんでした」と謝罪してウィンドウ画面を開いた。

オレの前に表示されたのは、二人からのアイテムの贈り物とパーティーの申請だった。

確認してみたら、そこには〈疾風のシュトルンプ〉と〈妖精のアンクレット〉というレアリティ【C】のアイテムが表示されていた。

効果は両方とも条件付きの装備で、S型のアバターしか装備できない代わりにシュトルンプ（ストッキングのドイツ語）とアンクレットは足首に装備する事で、それぞれ『敏捷をプラス10』もしてくれる。

「俺達はM型で装備できないから売るつもりだったんだけど、丁度良いからソラにやるよ」

「レッグウェアと足首のアクセサリーですが、シュトルンプは短パンの下に穿けますし、アクセサリーは邪魔にはなりません。是非、今後の冒険に役立ててください」

デザイン的には女性物だが、効果はレベル二つ分の恩恵がある。

レアアイテムで簡単に許してしまうのは癪に障るが、こんなしょうもない事でいつまでも怒っていてもしょうがない。アイテムを受け取り、申請を許可した。

そうしたら視界の左上に、シンとロウの名前とレベルと職業、それに加えてＨＰとＭＰのゲージが新たに追加された。

貰ったアイテムを装備したオレの恰好は、布製のシャツに短パンと黒いストッキングと肌の露出が減って、中々に良い感じになった。

「さて、パーティーを組んだけど、此処からどうしようか……ああ、そうだ」

少しだけ考えた後に、ジョブレベルが20になって新たに覚えたスキル。

十分間攻撃力を上昇させる〈エンチャント・ストレングス〉と、速度を十分間だけ上昇させる〈エンチャント・アクセラレータ〉を自身に発動させた。

二つの強化スキルによって、薄い赤色と青色の粒子を纏う形となる。

「ふふん、貴重なアイテムをくれた礼に先ずは見せてやるよ、真なる付与魔術師の力を！」

「おお、すごいな。リミッター解除っぽくてカッコイイ」

「戦闘用のビルドで、二種類の付与スキルを連続使用してる付与魔術師なんて初めて見ましたよ……」

得意気な顔をしたオレは、剣を構え遠くに見える先程のスライムよりも一回り大きい、三体のハイスライムを見据えた。

見たところレベルは10で、先ほどのスライムよりは強い。

初動で選んだのは、先程と同じ突進攻撃スキルだ。

更に強化した速度で駆け出し、ハイスライムが吐き出す溶解液を高速突進とステップ回避を織り交ぜながら、次々に着弾前に抜けていく。

敵の攻撃が止まった、一瞬の時間を逃さずに地面を強く蹴り急加速する。

一体との間合いを詰め〈ソニック・ソード〉で横薙ぎに一閃した。

強化したスキルによって、ハイスライムを一撃で倒したオレは動きが僅かに止まる。

そこを狙って放出された溶解液を、冷静に見据えると防御スキル〈ソードガード〉を発動。発光する剣の側面を用いて、直撃する直前に横に払い除けた。

「いくぞ、ハイスライムッ！」

敵との距離は近い。手持ちの中で選択するのは片手用直剣の熟練度が20になる事で新たに取得したスキルの一つ、水平二連撃の〈デュアルネイル〉。

先ず目の前にいる、ハイスライムを右薙ぎ払いで両断。

勢いを殺さずに高速で一回転し、今度は隣にいる二体目のハイスライムを、回転で威力を増した横薙ぎ払いで切り捨てた。

「次はアイツだ！」

今度は離れたところに湧いた、銀色に輝くスライムを狙う。

〈洞察〉スキルを発動すると、どうやらそれはメタルスライムといって、逃げ足が素早い個体らしい。レベルは15で、レベル1～10がメインとなる初心者マップに出没するモンスターにしては、かなり高い数字だった。

オレは〈エアスト・ブレイド〉を手に〈ソニック・ソード〉を発動、一気に離れた所で油断しているメタルスライムに接近を試みた。

意識を全集中し、此方に気が付いたスライムの逃げそうな方角を読み取り、タイミング良く下段から切り上げるように斬撃を叩き込んだ。

逃げようとしていたスライムは、動いた先で刃を受け動きが一瞬だけ止まる。

その致命的な隙を見逃さず、流れるように赤いスキルエフェクトで発光する剣を右肩に担ぐように構えて進路に立ち塞がると、万が一倒しきれなかった時の事を考えて熟練度20で取得した三連撃〈トリプルストリーム〉を発動した。

袈裟切り、そこから刃を返して逆袈裟切りを放つ。この段階でメタルスライムのＨｐは残り三割、あと一回で削り切れるか怪しい残量となる。

剣を上段に構え、渾身の力を乗せた真向切りを叩き込んだ。

するとHPゲージは減少を始める。メタルスライムは怯み耐性が高いらしく、ダメージを受けながらも一回の跳躍で、一気に五メートル以上の距離まで逃げた。

失敗したか、と思っていたらHPは減少を続け、そのままゼロになり光の粒子となった。

【メタルスライムの撃破、経験値の獲得。ドロップアイテム〈メタルゼリー〉を一個入手】

「ぎ、ギリギリだったぁ⁉」。

メタルスライムの戦闘能力が無い分、防御値がクソ高いらしい。

最後の一撃でHPを削り切れなかったら、逃げられていたかも知れない。

しかし、この辺で一番レベルが高いメタルスライムを倒せたという事は、この辺りでオレに倒せないモンスターはいない証明でもあった。

気を取り直して視線を次のハイスライムに向けると、——何だか少しだけ怯えるような顔をした気がした。

だ　が　慈　悲　は　な　い。

思い通りに動くアバターのスペックに、気分が乗って来たオレは更にシンとロウも参戦させて、メタルスライムを重点的に狩りまくった。

プレイヤーレベルが【20】から【21】に上がりました。
〈片手用直剣〉の熟練度が【20】から【21】に上がりました。
〈付与魔術師〉のレベルが【20】から【21】に上がりました。

メタルスライム狩りを始めて一回目のレベルアップのアナウンスを聞くと、そこでようやく動きを止めた。

メニュー画面を表示して時間を確認すると、もう時刻は十一時三十分だった。

つまり二人と合流して草原マップに出てから、かれこれ一時間以上もスライム狩りをしていた事になる。

レベルアップで得たポイントを今回は振らずに保留にして、オレはステータス外面と睨めっこをしながら呟いた。

「ふう、やっとレベルが上がったな……」

「え、なんで俺のレベルが上がったんだ？」

「ボク達のレベルが上がるの、何だか早くないですか？」

……あれ、今何だか自分と二人の認識に大分齟齬が生じていたような。

頭の上にクエスチョンマークを浮かべたオレは、念のために先輩である二人に尋ねた。

「お二人さん、オレ的にはやっとレベルが上がったなーって、感じなんだけど」

「いやいや、これはおかしいぞ。相手が経験値モンスターのメタルスライムでも、レベルは所詮15だ。どれだけ倒したとしてもレベル18以上のオレ達が一つ上げるのには、最低でも三十体以上は倒さないと無理なんだよ」

「シンの話で大体察していると思いますが、このゲームには適正レベルというのがあります。内容は自分よりレベルが低いものを倒した場合に、経験値が減少するものです」

「なるほど、そういうことか」

つまり今の自分の強さに合わせてマップも変えなければ、更に強くなることが難しいシステムが導入されてるというわけだ。

そんなシステムの影響下でレベルが上がったという事は、経験値が増加するモノを――反応から二人は考え難いので、自分が所持していることを意味する。

「当然だけど、俺達は経験値に関するモノは何も持っていない。という事はソラしかいないんだが、考えられるのは特殊枠のスペリオルスキルか？」

「或いは、称号でしょうかね。条件を達成することで、特殊な効果を得られる称号持ちのプレイヤーが、最前線では何名か確認されています」

「ふむ、それなら両方見てみるかな……」

二人に指摘されて、ステータス画面を開いて確認する。

先ず最初に開いたのはスキルの一覧、パッと見た感じでは先ほど確認した時と同じスキル名が並んでいて、これといって経験値に影響を与えそうなモノは見当たらない。

という事は残っているのは称号だと思うが、それはどこで確認するのだろう。

普通のゲームで考えるのなら、普通はプレイヤーの名前付近にあるモノだ。

ステータス画面を操作して、オレはそれっぽいものを探すが『ソラ』と表記されたＰＮの周辺に変わったモノは一つも見当たらない。

探しながら画面を、一番下までスクロールする。

そうしたら最後のページに『称号一覧』と表記されている項目を発見した。

「見つけにくいわ！」

なんでこんな場所にあるんだよ、と思わず勢いよくツッコミを入れる。

他の二人も、オレの叫びを聞いて何事かと、ウィンドウ画面を左右から覗き見た。

だがこのままでは、盗み見防止のセキュリティシステムによって見られない。

設定を変更して二人とも見えるようにすると、一番下にある称号の項目を確認した彼らは、揃って苦々しい顔をした。

「称号なんて持ってないから知らなかったが、なんでこんな場所に……」

「さぁ、そればっかりは開発した人に聞いてみないとわかりませんね」

普通はPNの側にあるのが普通だけど、もしかしたらアストラル・オンラインの開発者は、最後に特殊なのを持ってきたかったのだろうか。

この件に関して、オレは深く考えるのを止めると、称号の項目をタッチして効果内容の確認を優先した。

称号〈終焉の魔王〉に見初められし冒険者〉【設定中】。

説明：最果てに封印されし魔王と戦い、認められた者にだけ授けられる称号。

効果：魔王を倒すまで獲得する全ての経験値の上昇。パーティーメンバーにも効果あり。

「……パーティーメンバーにも効果がある経験値上昇って、ヤバすぎない？」

「ヤバいな、他のプレイヤーに知られたら勧誘の嵐がやってくるぞ」

「経験値の効率が良いモンスターがポップする場所は、今は上位プレイヤー達で一杯ですからね。大手クランの方々が知ったら、経験値欲しさに大挙して来ると思います」

大量のプレイヤー達に囲まれ、クランの勧誘や質問攻めされる光景を想像したオレは、額にびっしり汗を浮かべて身体を小刻みに震わせた。

「うわぁ、面倒だな。……絶対にバレないようにしないと」

親友の二人は口が堅いので、彼らからこの事が漏れる心配はないのが唯一の救いだ。

この件に関しては、取りあえず忘却の彼方に消し去る事にした。

「そういえば、二人はクランに所属してたっけ？」

「安心しろ、俺とロウは無所属だ」

「クランに所属すると、ノルマとか色々と面倒ですからね。ボク達は今回、自由気ままにゲームを楽しんでいる、ＭＯＢ専のエンジョイ勢です」

ＭＯＢ専とは、文字通りマップ内に湧く敵性モンスターと戦う事を専門としているプレイヤー達の総称だ。

対人戦のＰＶＰとは違いモンスターと戦うだけなので、駆け引きが一切要らず伸び伸びとプレイできるのが一番の利点である。

とは言っても、それは普通のモンスターを相手にする時の話だ。

ボスクラスとの戦いになるとＰＶＰとは異なる緊張感があり、担当する役割でミスをした場合、組んだ者達によっては即座に戦犯扱いされる。

だからモンスター専の中では、更にそこからガチ勢とエンジョイ勢で分かれている。

察するに、どうやら二人は数年前のトラブルを自分と同じく引きずっているらしい。エンジョイ勢なら、今後も気兼ねなく誘ったりできそうだと思った。

「ならオレは、魔王の討伐をまったり狙うエンジョイ勢として続けて行こうかな」

「ラスボスの討伐を狙うエンジョイ勢とは……」

「エンジョイ勢の後ろに、括弧と括弧閉じが付きそうですね」

「……おまえら、ほんと容赦ないツッコミをするよな」

口をとがらせるオレに、二人はくすりと笑った。

何だか小馬鹿にされているような気がしたので、どうにか二人に反撃できないものかとアレコレ思考を巡らせていると、

「誰か助けてええええええええええええええええええええッ⁉」

遠くの方から、はっきりと誰かの助けを求める声が聞こえた。

高い声のトーンからして、恐らく女の子だろう。

緊迫した感じに、何事なのかと声が聞こえた方角に視線を向ける。

すると全長六メートル程の、巨大な四足歩行をする水色のドラゴンに追いかけられる、鮮やかな金髪でストリート系のファッション姿の少女がいた。

こんな序盤のマップにドラゴンがいることにびっくりしたオレは、思わず説明を求めて隣にいる親友達を見る。

シンとロウは「おー、エリアボスのスライムドラゴンだ」「どうやらリポップしたのと遭遇したみたいですね」と口を揃えて実に冷静なコメントをしていた。

（スライム？　アレが……？）

試しに〈洞察〉スキルでモンスターの情報を見抜いてみると、目の前にウィンドウ画面が出現して詳細な情報が映し出された。

エリアボスモンスター〈スライム・ザ・ユースドラゴン〉。

レベル20のスライム種族。

属性は水属性で、弱点は雷と土の二属性だ。

アーカイブ情報によると、ドラゴンの骨を捕食して竜種の力と姿を得た特殊なスライムで、このエリアをテリトリーにしているらしい。二枚の翼っぽいものはあるが形を模しているだけなので飛行する機能はない。夢は未熟から脱却していつか飛ぶこと。

——飛べたら良いね。

何だか微笑ましく思いながら、同じマップにいる他の冒険者達が〈スライム・ザ・ユースドラゴン〉——略してスライムドラゴンの攻撃を避けている少女を、一切助ける気配がないのを見て動く事にする。

左腰に下げている〈エアスト・ブレイド〉を鞘から引き抜いたら、それを見たシンとロウが隣で嬉しそうな顔をした。

「お、スライムドラゴンとやるのか」

「本来はレベル15が六人そろって戦う相手ですが、やるならお付き合いしましょう」

二人に頷いたオレは、自身に攻撃上昇と速度上昇の付与スキルを使用する。

赤と青の光の粒子を纏い、エリアボスに向かって真っすぐに駆け出した。

「よりによって、目の前にリポップするなんてぇ！　イケメン神様イケメン魔王様イケメン勇者様イケメン冒険者様だれでも良いから助けてくださいぃぃぃぃぃ！」

意外と余裕があるっぽい金髪の少女は、涙目で欲望全開の叫び声を上げている。

レベルも15とかなり高いので、このまま逃げるだけならできそうな感じはする。

だけど残念な事に、世の中はそんなに甘くはできていなかった。

スライムドラゴンのブレス攻撃をギリギリのところで回避したら、その前に回避したブレスが地面を水浸しにしていた為に、金髪の少女が足を滑らせる。

「あ、ヤバ……ひゃん!?」

ばっしゃーんと、水浸しの地面に尻もちをついた彼女は完全に動きが止まった。

一方で脚の速いスライムドラゴンは、ターゲットが射程圏内に入ったことで前足を持ち上げ、大きな四本爪で少女の身体を両断せんと力任せに振り下ろした。

そこにタイミング良く間に合ったオレは、勢いを利用した〈ソニック・ソード〉で横薙ぎの斬撃を爪の側面に叩きつける。

威力が増した突進スキルから繰り出された一撃は、身体の大きなスライムドラゴンの力を上回って、大きく弾き飛ばす事に成功した。

これはパリィと呼ばれる、敵の攻撃を武器で弾く技術だ。

武器があるゲームなら近年のＶＲゲームの全てが取り入れており、タイミングはシビアで失敗すると逆に反撃をされて、大ダメージを食らう事になる。

逆に決まると、こうやって敵の攻撃を体格差に関係なく防ぐ事ができるので、ファンタジーゲームに限らずどのゲームでも上級者には必須の技術だ。

「ソラ、ナイスパリィ！」

まだ離れたところにいるシンが、ＭＰを消費して魔術陣を展開した。

洞察スキルで見たところ、選択したのは初級の雷魔法だ。

そこから『威力の球状』『貫通力の槍』『切断力の刃』の中から、術者のシンは威力を重視する為に球状を選択した。

空中に雷の球体を形成したら、彼は手にしている槍の先端を向けて解き放った。

雷の球体は寸分たがわず、スライムドラゴンの頭に衝突する。

そこから強力な放電をして、ダメージと共に一時的な麻痺状態を付与する。

「立てますか？　今の内に逃げてください」

「は、はい！」

オレに促される形で、金髪の冒険者――リンネという名の少女は慌てて立ち上がりその場から離れる。そこで追いついたロウが、右手の盾を大きく振りかぶり〈シールドバッシュ〉をスライムドラゴンの頭に叩き込んだ。

麻痺っていたこともあり、最初の雷の球体と合わせてドラゴンスライムのＨＰが一割ほど削れる。

大きく仰け反った巨体は、麻痺が解けると恨めしそうな顔でロウを睨みつけた。

「良いですね、そのままボクを標的にしてくださると助かります！」

ヘイトを上手く引き受けたロウは、オレを巻き込まないように離れる。

更に少し離れた場所では、遠距離攻撃を準備するシンの姿があり、自分は二人をサポートできる位置に陣取る。

前衛、中衛、後衛にオレ達は自然と分かれる形になった。

スライムドラゴンが僅かに溜めるようなモーションを見せると、ロウが盾を構えて〈騎士〉のスキル〈シールド・リインフォース〉を発動させた。

洞察スキルによると、効果は盾カテゴリーの装備を百八十秒間だけ強化するもの。

強化された二枚の盾でスライムドラゴンのブレス攻撃〈アクア・ブラスト〉を真正面から受けたロウは、歯を食いしばりその場に踏み止まってひたすら耐える。

その隙に前に出たオレは、手にした剣を構えて突進スキルを使用する。

スキルの効果で急加速してスライムドラゴンに接近したら、途中でキャンセルして水平二連撃〈デュアルネイル〉に繋げた。

「ハァッ！」

狙いはドラゴンの――前脚。先ほどのアクションを見た限りでは、片方を潰せば移動力と攻撃力の両方が低下するはず。

赤い光の粒子と緑色に輝く刃が、左前脚に向かって横薙ぎに駆け抜ける。そこから高速で一回転することで、更に威力が増した二撃目が左前脚を両断した。

体勢が崩れたスライムドラゴンは、半分になった左前脚をなんとか地面に着けることで転倒を免れる。

しかし脚を半ばまで失った事で、一時的な機動力の低下状態を表す『部位欠損』状態と一部スキルの使用不能になった。

だが相手はドラゴンという名が付いていても種族はスライムだ。後三十秒ほどで、脚が再生すると〈洞察〉スキルが教えてくれる。

「嘘だろ！　たった一回の二連撃スキルで脚をぶった切ったぞ⁉」

「付与スキルが強力なのは知っていましたが……なるほど、これ程までに強力なバフは代償としてMP消費が高くなるのも分かりますね」

親友達が敵の脚を両断した事に驚きの声を上げると、受けたダメージによって敵のターゲットが、ロウからオレに変更された。

スライムドラゴンは咆哮を上げながら、背中の二枚の翼を鋭い槍に形成すると串刺しにせんと放ってきた。

だが所詮はモンスター、攻撃は直線的なものばかりなので軌道を見切る事は容易い。

最低限のステップ移動だけで、オレは槍の連続攻撃を回避する。

当たればHPの半分は持っていかれそうな攻撃を避けていると、違う方角から飛来したサンダーボールが、スライムドラゴンの頭に着弾した。

「よっしゃ、クリティカルヒット！」

二発目の攻撃を命中させたシンが、槍を手に嬉しそうな声を上げる。

敵の注意がダメージを与えた相手に向けられた瞬間、待機していたロウが好機と判断して突進スキルで急接近する。

跳躍して先ほどと同じ〈シールドバッシュ〉を頭に叩きつけると、シンと合計でＨＰを残り五割まで減少させた。

「グオオオオオオオオオオオオオオオオオオオオオオオオオオオオオオオオッ！」

重なるダメージと翻弄される事に、敵は苛立ちの咆哮を上げる。

スライムドラゴンは、大技の発動モーションに入った。

身体に纏う水色に輝くオーラ、アレは〈アクア・ブラスト〉ではない。

体内で生成している水を、圧縮して広範囲に解き放つ大技〈アクア・バースト〉だ。

瞬時に〈洞察〉スキルで読み取ったオレは、急いで仲間の方を見る。

今から何が来るのか知っている先輩プレイヤーである二人は、そんな自分を見て大声で提案してきた。

「下手に攻撃すると即発動します！　ソラの付与スキルで支援してくれるのなら、この両手の盾に誓って〈アクアバースト〉からお二人をボクが必ず守って見せましょう！」

「……ロウ、できるのか？」

「ええ、本来は〈騎士〉職のプレイヤーが三人で防御スキルを使って受けるのが通常の攻略法ですが、破格の強化スキルなら一人分くらいは余裕でカバーできると思います」

「その計算だと、一人分足らないんだけど」

「不足している分は、二枚の盾と気合で何とかしますよ」

オレの指摘に対し、涼しい顔でとんでもない返しをする爽やかイケメン騎士。

並みの乙女なら即落ちしそうな笑顔だが、自分のアバターは美少女でも中身は雑食系ゲーマー男子なので、全く効果は無かった。

スライムドラゴンと向き合うロウは、二枚の盾を構えて騎士のジョブスキル〈ファランクス〉とクールタイムを終えた〈シールド・リインフォース〉の二つを発動した。

──〈騎士〉の最大の特徴〈ファランクス〉は、パーティー内の三人にダメージを一度だけ五十パーセントカットを付与する事ができるスキルだ。ＭＰの消費は20と強力な防御効果を考えると少ない気がするけど、ＣＴは六百秒と長く設定されている。

正にピンチを切り抜ける為の、最強の切り札である。

オレとシンは、ロウの後ろの位置を陣取りいつでも仕掛けられるように身構えた。

一方で離れた所にいたプレイヤー達はどうしているのかというと、先ほどまで観戦していたが〈アクア・バースト〉が来ると知って今は背を向け全力で避難していた。

広範囲攻撃に巻き込まれるのも、ＭＭＯＲＰＧのあるあるだよな……。

オレは苦笑しながら、心の中で彼等に謝罪して前を向いた。

「ロウには防御力上昇の付与スキルを、シンには攻撃力上昇の付与スキルを使うぞ」

「こういうギリギリのチャレンジって、わくわくしますよね」

「わかる、チャレンジ精神って大事だよな」

「お、そんなおまえ等にオススメのゲームがあるぞ。武者地獄っていうんだけど」

「「超絶クソゲーはワクワクしない（です）ッ!!」」

同時に全力で拒絶されて、しゅんとオレは落ち込んだ。

次に何が起きるのか、全く予測できないゲームは面白いと思うのだが……。

二人の反応に納得がいかない顔をしていたら、地面が軽く揺れて前方から広範囲に眩いスキルエフェクトが発生した。

思わず目を細める程の光だが、直視できない程ではない。

光の中では、青いドームみたいなものが形成される。

スライムドラゴンの全身が見えなくなると、光が収まりだしたタイミングで弾けて周囲の地形を破壊しながら、一気に爆発的に広がった。

先頭で構えていたロウが、二枚のシールドを手に正面から衝突する寸前。

オレは効果時間を考えて、ギリギリまで温存していた防御力を上昇させる付与スキル〈エンチャント・プロテクト〉を発動させた。

「それでは盾の騎士、お二方の露払いをさせて頂きますッ！」

現在の最強の防御スキル〈ファランクス〉と盾を強化するスキル、そこに付与スキルが加わりロウは青色の光の粒子を纏いながら、迫る爆発に正面からぶつかった。

後方にいるオレ達にも届くほどに、衝撃は凄まじかった。気を少しでも緩めば転倒しそうになる破壊の暴力を、騎士は誰よりも先頭で受け続ける。

そんなのと盾二枚だけで挑んでいる姿は、まさしく困難から逃げない騎士と言えた（オレが薦めるクソゲーからは逃げるが）。

視線の先で騎士の少年は、徐々に後ろにずり下がりながらも懸命に耐えている。HPは徐々に削られてはいるが、防御バフのおかげで減りはゆっくりだ。

自分達がいる直線以外の場所が消し飛んでいく中、オレとシンは敵の必殺技を一身で受け続ける親友の背中を信じて見守る。そして残り五割を切ったと同時に、爆発の勢いが止まり霧散する光景を、ハッキリと確認した。

「今から奴は硬直時間に入る。たったの三十秒しかない上に解けたら即〈アクア・バースト〉の発動モーションに入るから、俺達のチャンスは一回しかないぞ！」

「オーケイ、三十秒もあれば十分だ！」

気力を使い果たしたロウが片膝を突く、役割を果たしてくれた彼の横を走り抜けたオレは自分とシンに対し『攻撃力』『素早さ』『雷属性』の三種の付与スキルを発動する。

バフを貰ったシンは、隣を並走しながら魔術陣を展開する。同時に三つの陣が空中に描かれると、主の影響を受けて真紅と金色の二色に輝いた。

「ボスの体力は残り五割、これだけの支援をもらったんだ。――やってやるぜッ！」

勢いの良い声を上げた魔術師は、杖を兼ねた槍〈マギーランス〉を構えた。

先に発動させたのは、三つの雷球〈サンダー・ボール〉。

硬直した敵の巨体に着弾すると、そのＨＰを一気に二割も削った。

シンは突進スキル〈ソニック・ランス〉で突貫し、更に雷を宿した一撃を頭に叩き込んだ。

これでボスの残りＨＰは三割程度、オレなら削り切れる範囲内だ。

二人が作ってくれたチャンス。確実に倒す為に、この局面で選択するのは片手用直剣カテゴリーの三連撃技〈トリプルストリーム〉。

金色のスキルエフェクトを発生させながら、突進スキルで距離を一気に縮めたオレは途中でキャンセルする。

真紅の光に色を変えた剣を肩に担ぎ、勢いを利用して跳ぶと右上段から左下段に竜の頭を一閃、斜線を刻み込むと地面に着地した。

そこから跳躍力上昇の付与スキル〈エンチャント・シュプルング〉を発動すると、強化した足で高く跳んだ。

一度刻んだ斬撃の後をなぞるように二撃目を叩き込む。

後に上段に構えるのをキャンセルし、剣を横に構えて手持ちの攻撃スキルで最も威力のある技〈ストライク・ソード〉に切り替えた。

「うおおおおおおおおおおおおおおおおおおおおおおおおッ！」

青色のエフェクトに切り替わった、白銀の剣〈エアスト・ブレイド〉を手に咆哮しながら、最後に渾身の刺突技を放った。

スライムドラゴンの眉間に、刃が深々と突き刺さる。

クリティカルと弱点属性の二つの判定によって、ブーストした刺突技の威力は凄まじく残っていたＨＰは減少して一気にゼロになった。

敵が光の粒子となって消滅すると、目の前にウィンドウ画面が広がる。

そこには討伐成功によって獲得した経験値とか、ドロップしたアイテムとかレベルが一つ上がった通知が一斉に表示されていた。

支えを失って地面に落下するオレは、それを確認しながら二回もスキルのキャンセル技を連続使用した影響で、集中力が切れて受け身すら取れそうになかった。

あー、この流れは格好がつかないオチですな？

そこまで高さは無いので、諦めて自由落下に身を任せる事にした。

⑤

「むぎゅう⁉」

軽い衝撃に備えて覚悟だけ決めていたら、自分を待っていたのは硬い地面ではなく柔らかいクッションみたいな感触だった。

シンかロウが下敷きになったのかと一瞬だけ思ったが、こちらに走り寄ってくる彼らの姿が目に入り、その考えは直ぐに否定された。

それじゃ誰なんだと思い確認してみたら、そこには逃がしたはずのリンネが身を挺して、オレと地面の間にサンドイッチになっていた。

「ちょ、おま……なんでそこに⁉」

びっくりして、慌てて尻に敷いたリンネの腹の上から起き上がる。

小柄なアバターとはいえ、オレの全体重に装備を足した総合的な重量は軽くはない。

オマケにここは安全エリアじゃないので、全重量を無防備で受けた彼女はダメージが発生する。

地面に横たわる彼女のＨＰを見たら、衝撃を受ける為に防具を全て解除していた事も合わさって三割ほど減少していた。

「あ、あはは、助けてくれた恩人が地面に衝突するのは、ちょっと見過ごせませんでした」

「大した高さじゃなかったから、こんな事しなくても良かったのに……」

オレは苦笑して、うつ伏せになっている彼女に右手を差し出した。

リンネはその手を見て、何故か頬を赤く染める。それから恐る恐るといった感じで掴むと、ゆっくり起き上がりながら笑みを浮かべた。

「いえいえ！　それに実はわたし、ソラ様に一目惚れしちゃったんです！」

「…………ソラ、様？」

唐突な告白と様付けに、理解が追い付かなくて思考がフリーズする。

彼女はオレの反応に恥ずかしそうに両手で頬を押さえ、左右に身体を揺らしながら一目惚れした理由を語った。

「イケメンに助けられるよりも、かっこいい銀髪美少女に助けられた方が胸にキュンキュン来ちゃいました。実はわたしって百合の素質があったんですね！」

「お、おう……」

なるほど、言っている言葉の意味がまったく分からん。

少女の理解不能な言語に、何だか頭痛を感じて近くで事の成り行きを見守っている親友に助けを求めた。

しかし二人とも、視線をそらして関わることを拒絶する。

孤立無援となったオレは、目の前にいる頭の中がお花畑の少女から全力で逃げるべきか真剣に考えた。

「――と、これはいけません。プレイヤーネームが見えるからつい自己紹介を忘れてました。わたしは、フリーのＶＲジャーナリストをやっている忍者職のリンネと申します。もし良かったら今回の事を、動画付きでブログに載せたいんですが良いですか？」

「どうも、ソラです。………ＶＲジャーナリスト？」

少しだけ間を置いて、オレは首を傾げた。

ＶＲジャーナリストとは、成人以上でなければライセンスを獲得できない職業の事だ。

自称するのは法律で禁止されているので、怖いもの知らずでないのならば彼女は見た目が未成年に見えるけど実際の年齢は二十歳以上という事になる。

この見た目で年上かよ、とオレはびっくりしながら同時にＶＲジャーナリストという職業に対して忌避感を覚える。

何故ならばＶＲジャーナリストというのは、記事の閲覧数を増やす為に何でもするイメージが強いから。

例えば身近にいるゲームの師匠である月宮時雨は、今年のフルダイブ型ＶＲ対戦ゲームで五連覇を成し遂げた世界的な有名人であるが故に、そういったメディアの人達から良くも悪くもネタにされている（本人は全く意に介していないけど）。

オレの表情から、ＶＲジャーナリストを快く思っていない事を察したリンネは、慌てて首を横に振って弁明した。

「わたしはゴシップ記事は取り扱っていませんのでご安心ください！　リンネとブログで検索していただけたら分かりますが、主にＶＲゲームで起きたプレイヤーの皆さんが体験した少し変わったエピソードとか、ほっこりするネタを取り上げてるんです！」

「……そうなんですか？」

言われた通りに、メニュー画面を呼び出して検索してみる。

すると確かに『リンネのネタ仮想世界まとめ日記』というタイトルのサイトがあった。

アクセス数は多く、ビジュアルの良さも相まって固定ファンが付いているって感じだ。

「うーん、ブログかぁ」

現実の自分は男なので別に問題はないのだが、下手に有名になるのは攻略を進めるにあたって面倒な気がする。――特に今は色々と特殊なアバターなのだから。

一応リンネに実際に掲載する戦闘時の動画を見せてもらうと、〈忍者〉の隠密スキルを使用してかなり近くでオレ達に気づかれないように撮影していたらしい。

スライムドラゴンと戦う三人の姿を収めた、臨場感があって全てのクオリティが高く素晴らしい映画のシーンを切り抜いたような動画だった。

「いつの間に、……でもすごく良いですね」

動画に思わず素直な感想を口に出したら、リンネは嬉しそうな顔をした。

「こう見えて、シグレ様の側でVRゲームの撮影の勉強をさせて頂いていたので、構図には自信があるんです」

「……うん？　シグレっていうと、まさか対戦ゲームの世界チャンピオンのシグレさん？」

まさか、と思い聞いてみたら、彼女は嬉しそうに力強く頷いて見せた。

「はい、そうなんです。実は大学生の時に知人に〈スカイ・ハイファンタジー〉に誘われた際にお近づきになる機会がありまして、フルダイブの戦闘は苦手なんですが一緒にゲームをプレイさせて頂いたんです！」

「という事は師……シグレさんとは、友人関係なんですか？」

「あまり他人に言ったらいけないんですけどね。幸運なことにシグレ様とご友人関係を結ばせてもらい、連絡先まで教えてもらった仲ですよ」

マジかよ……。

全て聞かされたオレの額から、ダラダラと汗が滝のように流れる。

そういえばこの前のプロゲーマー特集の雑誌に、交友関係の質問で大学時代の友人とか先輩とかについて色々と書いてあった。

まさか偶然とはいえ、助けた女性が師匠の友人なんて誰が想像できるだろう。

背後では小学生の頃から彼女の事を良く知っている上に、対戦でフルボッコにされた経験のある親友達が、びっくりし過ぎて盛大にむせていた。

「ソラ様、それで今回の件はわたしのブログに掲載する許可は頂けるんでしょうか？」

「う、うーん……先ずその様付けするのやめてくれませんか？」

「それはできません。なにせソラ様の事を最押しにすると決めたんですから！」

「さ、最押しですか……」

真剣な眼差しを向けられて、オレは困り顔をする。

師匠の友人にダメとは言い辛い、とはいえ変に目立つのもできれば避けたい。

二つのけして交わることのない選択肢に悩んでいると、リンネは何かを察して周囲に人がいないか確認した後にこう提案した。

「トラブルを危惧されてるんでしたら、ソラ様が不人気の〈付与魔術師〉であることは伏せます。掲載する動画も編集してバレないようにします」

「……様付けは措いといて、そこまでしてくれるなら断る理由はないかなぁ」

だが動画は自分だけが映っているわけではないので、後ろで何とか落ち着きを取り戻しつつある二人を見る。

するとシンとロウは、「良いよ」「良いですよ」とあっさりと頷いた。

「ありがとうございます。謝礼を後で送りますのでフレンド登録をしても宜しいですか？」

広告収入が発生するからなのか、話が決まるとリンネがそんな提案をしてくる。

少しだけ考えた後に、オレは彼女にこう答えた。

「謝礼はいらないかな、そういったモノよりはレアなアイテムが欲しいかも」

「レアなアイテムですか。……すみません、そういう貴重なモノは所持していないです」

「ああ、ごめんなさい。言ってみただけなので気にしないでください。リンネさんとフレンド登録できるだけでも、十分に嬉しいですよ」

実に申し訳なさそうな顔をするリンネに、慌てて前言の撤回をする。そのやり取りを見ていた親友達は呆れた顔をして、苦笑交じりに横やりを入れてきた。

「まったく、ソラはぶれないな。俺はリンネさんのおかげで、スライムドラゴンと三人で戦えたからそれで満足だよ」

「ソラですよ？　金銭欲よりもゲーム内のアイテム欲に決まっているじゃないですか。ちなみに、ボクも先ほどの戦闘で楽しませて頂いたので謝礼はいりません」

彼女の申し入れをやんわりと断り、フレンドの申請だけ受け入れる二人。

フレンド登録が無事に済むと彼女は、むーッと何やら納得のいかない表情を浮かべた。

「ここまで物欲のない人たちって中々に見ないです。みんな大抵は色々と要求してきたりして、中には困ることが多かったりするのに……」

何と言われようとも、オレ達の考えが変わることはない。

第一に師匠の友人と金銭のやり取りなんてしたくないし、スライムドラゴンと戦えて満足しているので、心の底から申し訳なく思った。

「まぁ、いいです。この件の御恩は、いつか全て必ず返します。覚えていてくださいねっ！」

話を切り上げたリンネは、そう言ってオレを抱き締めようとする。

本能的な危険を事前に察知して、思わずステップ回避してリンネの腕の間から逃げると、素早くシンとロウの背後に避難した。

「中々に危機察知能力が高い……でも、そんな易々といかないところも良い……ッ」

「ひぇ……」

猛禽類のような眼で見つめられ、全身に鳥肌が立った。

親友達の後ろに隠れながら小刻みに震えるオレに、リンネは「また会いましょう、ソラ様とご友人達」と言い残すと、この場から走り去った。

ステータスを敏捷に極振りしているのか、オレ以上の速度で忍者の移動スキルを駆使する彼女の後姿は、あっという間に小さくなる。

あの滑るトラブルがなければ逃げ切れたのでは？

そう思いながらオレは、彼女がユグドラシル王国の大門の向こう側に消えるまで、警戒心を解くことはなかった。

⑥

リンネがいなくなった後、オレは安心して先程の戦果を見ることにした。

ステータス画面を開くと、プレイヤーレベルと共に、片手用直剣の熟練度とジョブレベルが21から22に上がった。

これでステータスに振れるポイントは、保留していたのと合わせて20になった。

最後に獲得したアイテムを確認すると、そこには――〈コート・オブ・ドラグナイト〉という、やたらかっこいい名前のレアな装備品があった。

上半身に羽織るタイプで、防具のカテゴリーではないらしい。

プレイヤーに対する装備条件は、敏捷100を要求している。

図らずとも装備条件を満たしている事に、オレは少しだけ運命的なものを感じた。

だが何よりも注目するべき事は、これを装備することによって『物防』と『魔防』が50ずつ上がる事だろう。

足した合計は100ポイント。装備するだけで十回分のレベルアップボーナスを獲得できるのは、どう考えても破格としか言いようがない。

アーカイブ情報には『〈スライム・ザ・ユースドラゴン〉に遥か昔に挑んで敗北した騎士が装備していたコート。世界樹の素材の一部を用いて作られたコートは体内で解かされることなく、モンスターが内包している魔力で更に強化と変質を遂げた。いつか自身にふさわしい主が現れるまで、コートは溶解の海を漂い続ける』――と記載されている。

「なるほど、つまりオレというふさわしい所有者が現れたからドロップしたのか」

都合のいい解釈をした後、この世界で初めて自力で手に入れた最初のレアアイテムを眺めて、つい嬉しくなり笑みを浮かべてしまった。

「お、ソラは何か手に入れたっぽいな」

「あの顔は、レアなアイテムをドロップしたっぽいですね」

オレの反応を見たシンとロウは、直ぐに何があったのかを察したようだ。

そんな二人の言葉に答えず、代わりに装備の項目を操作する。

コートを選択し、駆け出し冒険者の衣服の上にドラッグした。

重ねると上半身が淡い光に包まれ、黒いロングコートが具現化する。

――デザインとしては、ステンカラーコートに近い。

直に見た感想としては、やはり素朴なYシャツとズボンの上に一枚上着が加わるだけで見栄えが断然よくなると思った。

しかもフード付きで、これがあれば目立つ銀髪を隠す事ができそうだ。

オレはフードを頭にかぶり、見せびらかすようにくるっと一度だけ回って見せる。

すると親友の二人は無言になり、急に目を下にそらした。

嬉しくてファッションショーの真似事みたいな事をしたが、少し自慢し過ぎたか？

そんな事を考えていたら、次に二人は我慢できないと言って吹き出した。

「ぶふっ！　そ、それは反則だろ……ッ」

「だ、ダメですっ！　か、かつてこんな衝撃を受けた事は……ッ」

地面に蹲るように座り込んで、必死に声を抑えて笑う親友達。

その視線は真っすぐ、オレの頭の上に注がれている事が分かる。

ただ事ではない様子に、頭にかぶっているフードに両手で軽く触れてみると、指先に何やら二つの硬い突起物のような物を発見する。

しかもそれは小さくない、なぞった感じだと長さにして推定十センチくらいはある。

ここで長年の経験からオレは、頭の中で一つの正解にたどり着いた。

今装備しているコートの名前は〈コート・オブ・ドラグナイト〉。この場合ゲームでドラグナイトという文字列は、竜騎士の名を意味するケースが多い。

という事は、フードに付属している二本角の正体は……。

恐る恐るウィンドウ画面を開いて、そこからアバターの今の全体図を開く。

そこに表示されていたのは、可愛らしい二本角が付属しているコートを羽織った自分の姿だった。誰がどう見ても子供っぽさが前面に出ていて、カッコいいと言うよりは可愛いと言った方が適切だと思うだろう。

「こ、こんな罠が仕掛けられていたなんて……ッ⁉」

かっこよくなると思っていたら、まさか逆に可愛さが増すなんて誰が想像できるか。

目立つのを避けるためにフードを被れば、銀髪ではなく角が目立ってしまう。

〈アストラル・オンライン〉で初めてドロップした装備品に期待を裏切られたオレは、膝と両手を地面に突いて全力でがっかりした。

第二章◆現実の異変

あれから〈ユグドラシル王国〉にある宿屋の一室でログアウトしたオレは、ゲームが終了すると青いマイルームに戻り、ヘッドギアを外す際に必ず行う安全確認を済ませる。

全て異常無し、本体の電源が自動で落ちて、視界は真っ暗になった。

そこでようやく、ヘッドギアを頭から外した自分は、大きく深呼吸をした。

（噂通り、メチャクチャ楽しいゲームだったな……）

高ぶる感情を胸に抱き、起き上がる前に身体の動作確認をする。

──両手の感覚良し、両足の感覚良し、嗅覚良し、喉はカラカラに渇いている。

周囲を軽く見回すと、常備してある五百ＭＬのスポーツドリンクが目に留まった。

そこでふと、いつもより良好な視界に違和感を覚えたが、喉の渇きを優先したオレは側に準備していたドリンクを手に取り、蓋を開けると中身を口に流し込んだ。

不足していた水分を補給して、少しばかり満たされると吐息を一つ。

「はぁ……」

冷静になると、心臓が大きく脈動しているのがハッキリと分かった。

初っ端から魔王と戦う事になった上に、呪いで性転換したのは予想外だったがそのおかげで現在のプレイヤーレベルは22だ。

スライムドラゴンとの戦いも実に迫力があり、スキルを駆使しての戦闘は楽しかった。

リンネとの出会いは、世間がどれだけ狭いのかを実感させられたが……。

そういえば、――ユニークスキル〈ルシフェル〉のメイン効果を確認していない。

瞳を閉じてゲーム内で起きたことを振り返りながら、ふと一つだけ気が付いた。

副次効果が、各種スペリオルスキルの獲得なのは知っているのだが、余りにも豪華すぎて忘れていた。

次にログインした時に見なければと思い、手にしていたペットボトルを元の位置に戻す。

……仕方ない、楽しみは後に取っておこう。

何せ今は休息の時間で、この後には妹の手料理が待っているのだから。

するとタイミング良く扉がノックされて、大きな事業で両親が海外に滞在している間、家長として家の事を任されている上條詩織が声を掛けてきた。

「お兄ちゃん、ちゃんとログアウトしてる？　お昼ごはんのナポリタン出来たよ」

聞いただけで一安心してしまうような穏やかな声が、扉の前から聞こえてくる。

昼食を取りながら、可愛い妹にTSした一件を除いて話してあげよう。

びっくりする顔が容易に想像できて、思わず苦笑しながらオレは返事をした。

「ありがとう、ちょうど終わったから今行くよ」

「え、お兄ちゃん。女の子のお客さん来てるの？」

「…………え？」

扉の向こう側にいる妹に指摘されて、オレは自分の違和感に気付いた。

──そういえば、この鈴のなるような少女の声は〈アストラル・オンライン〉で自分が使用しているアバターと、全く同じではないか？

それに加えログインする前と比較して、服が一回り大きくなっている気がする。

喩えるのならば、腕二本分くらいの隙間がそこにはあった。

こんなにも大きな服をゲームを開始する前に自分は着ていた覚えはない。何故なら少し腰を浮かせば、緩い短パンはトランクスと一緒にずり下がってしまう。

これはヤバいと、手で落ちないように押さえつけながら、顔が真っ青になる。

先程の高揚していた、楽しい気持ちは既に冷めてしまっていた。

今の胸中を代わりに占めているのはたった一つ、自分の姿が変わったかもしれない非現実的な現象に対する、例えようのない恐怖だった。

生物の本能的な防衛システムは、一度意識してしまったら崩壊する。

違和感は防波堤を破壊して、身体に起きてしまった変化を次々に所有者である自分に突きつける。それらを全て否定したい気持ちに全身を震わせながら、恐る恐る頭に触れると長い髪を手に取った。

色は日本人の証である、黒色ではなかった。

そこにある髪の色は――――透き通るように美しい銀だった。

「……う、……ウソだ」

震える唇で、オレは少女の声で胸中の思いを呟く。

だって、アレはゲームの中での出来事だ。

確かに魔王の呪いで男から女の子になったが、それはあくまで仮想空間が作り出した幻想に過ぎない。まさかオレは、まだ仮想空間にいるとでも言うのだろうか？

そんな事を思い立ち上がろうとしたら、足をもつれさせてベッドから床にスッ転ぶ。

ドスン、と大きい音が鳴って妹が「どうしたの、お兄ちゃん!?」と驚いた様子で部屋の扉を開けようとした。

しかしVRゲームをする時には、いつも鍵を掛けるので扉は開かない。

ガチャガチャと音が鳴る中で、無防備な状態で肩から落ちたオレは、床の上で目が覚めるような激痛に顔を歪ませる。

「痛……ダメージペインが働いていないって事は、つまり……ッ」

仮想空間では、あり得ない現実的な痛み。

つまり夢でも、幻覚でもない証明にもなる。

痛みを我慢しながら立ち上がると、短パンはトランクスと共に床に落ちた。

それを気にする余裕すら無くなったオレは、最後のよすがである最低限の身だしなみ用に置いてあった、折りたたみ型の手鏡を手に取った。

「は、はは……これって、マジかよ」

ぺたんと、小さな身体から力が抜け落ちて床に尻もちをつく。

手鏡の中に映るそこには、いつもの冴えない黒髪の少年の面影はどこにもなかった。

それは紛れもなく、アストラル・オンラインで魔王の呪いによって変貌した。

銀髪碧眼の少女——ソラだった。

住み慣れたダイニングテーブルの前に着席する。

妹が作ってくれたナポリタンが載った皿を前にした、銀髪の少女——上條蒼空ことオレは、まるでお通夜のように気持ちが沈んでいた。

フォークを手にして、クルクル回しては口に入れる作業をひたすら繰り返す。

味はナポリタン独特のベッタリとした食感と、トマトの酸味と甘くも深い味わいが合わさって実に美味であった。具材の厚切りのベーコンと、細切りにされたピーマンのほろ苦さのアクセントも実に嬉しい。

流石は母さん仕込み、これならばいつでもお嫁にいける。

だけどいくら料理が美味しくても、今の自分を占める不安感は全く薄れる事はなかった。

ハッキリ言って、お先真っ暗でどうしたら良いのか迷子状態である。

そんな暗い顔をするオレに、女性ものパーカーを着て天然の黒髪をツーサイドアップにした妹は実に心配そうな顔をしていた。

「お兄ちゃん、大丈夫？」

「大丈夫じゃないけど、ナポリタン美味しい……」

「ありがと。嬉しいけど、今のお兄ちゃんの姿を見ると素直に喜べないわね……」

オレの姿を見た詩織は、深い溜息を吐いた。

あの後に合鍵を使い部屋に入ってきた彼女は、Tシャツ一枚だけの銀髪少女となったオレが床に座り込んでいる姿を見て、驚きの余り気を失った。

大切な妹が目の前で倒れたら、流石にショックなんて受けていられない。

先ず気絶した彼女が怪我していないか無事を確認した後に、一階にあるリビングのソファーまで頑張って運び、ソファーで寝かせた。

詩織が眠っている間に、本当に男じゃなくなったのか自分で確認をしたのだが……。

結論から言って、この身体は紛れもなく女の子だった。

とんでもない事態に見舞われながらも、オレは女の子が下半身裸のTシャツ一枚は不味いと思い、男用のスポーツパンツを穿いた。

服を着るという仕事を終えると、その後に訪れたのは『食欲』だった。

「こんな状態でも、お腹って空くんだなぁ」

生物の本能に感心しながらも、オレはダイニングテーブルの上に用意されていた妹特製のナポリタンを食べることにした。

詩織が目を覚ましたのは、それから数分くらい経った後だ。

起きた最初は少し錯乱して、大変取り乱していたけど、我が家の癒しである白猫のシロが体当たりをする事で今は落ち着いていた。

そんな彼女にオレは、タイミングを見て少女に変化した唯一の原因――〈アストラル・オンライン〉で起きた事を包み隠さず全て話す事にした。

「――っていう事が、あったんだよ」

一から十まで語り終えると、長い沈黙の後に詩織は小さく頷いた。

「……なるほどね。魔王の呪いで性転換して、オマケにその魔王を倒さないと元に戻れないと。今のお兄ちゃんの姿を見なかったら、にわかには信じがたい話だわ」

「オレも未だに現状を飲み込みきれてないけど、もしもゲームとリアルが連動しているのなら、それしか考えられないと思う」

「ホント、漫画やアニメみたいな話が、本当に起こるモノなのね……」

「まいったよ。魔王を倒すまで戻れないんだから、一体いつになるのか分からないし」

「普通のゲームなら一ヶ月くらいだけど、フルダイブ型のＭＭＯＲＰＧは……」

溜息を吐くかたわらで、詩織はナポリタンを咀嚼するオレの身体を色んな角度から見て、頭からつま先まで指先でつついたり触ったりする。

くすぐったいから止めてくれとお願いしたら、詩織はあっさり離れて少しだけ考えるような素振りを見せた後に、何故か今度は無言で背後に回ってきた。

位置的にとても嫌な予感がしたオレは、皿の上に残っていたナポリタンを一気に頬張って完食する。それから逃走する為に、席から立ち上がった一瞬の出来事だった。

不意に背後から、両脇の下を通して細い手がニョキッと出てくる。

大きく開かれた手は、そのまま容赦なくオレの小さな胸を鷲掴みにした。

「ぴぇ────ッ！　し、ししし詩織さん⁉」

「ふむふむ、感度は良好で感触は紛れもなく本物、幻覚とかじゃなさそうね」

一頻り揉んだ後に手を放して、詩織は興味深そうな声を出す。

妹に胸をもまれるという、実に衝撃的な体験をした被害者であるオレは、顔を真っ赤に染めてこの場から離脱した。

テーブルの反対側に脱兎のごとく移動したら、絶対に近付かれないように警戒心を最大にして、最も危険な存在である妹を正面から睨みつけた。

「ふふふ、お兄ちゃん、怯えるネコちゃんみたい」

「フゥー、フゥーッ！」

言語能力が著しく低下しているオレは、鼻息を荒くして詩織を威嚇する。

そんな興奮気味の自分に彼女は「怖くないよー」と優しく言いながら、足元を歩いていたぽっちゃり肥満体型の白猫こと、シロを抱き抱えてにじり寄ってくる。

オレは必ずテーブルが間になるように逃げて、詩織に対して絶対に距離を詰めさせないように距離を維持するように努めた。

しばらくテーブルを中心に、フェイントを織り交ぜながら不毛な追いかけっこを続けていると、時間の経過と共に熱が冷める。

最終的に何だかばかばかしくなって、ナポリタンが入っていた皿を片付ける事にした。

「はぁ……、無駄に疲れたな……」

「私はちょっと楽しかったわ。それで本題に戻るけど、——病院に行った方が良いと思うわ」

詩織の直球的な言葉に、あえて意識しないようにしていた自分は頭を抱えた。

「あー、やっぱり行かないとダメだよな？」

「当たり前じゃない。今のところは体調に影響は無いみたいだけど、放置して良い問題じゃないからね。もしもお兄ちゃんに何かあったら、私は……」

段々と元気がなくなり、最後には妹はしょんぼりした顔になる。

それを見ると、絶対に行きたくないとは言えなかった。

「心の準備をしたいから、来週の月曜あたりにしたいかな」

「……わかった、病院はフロイラインのユリメイに詳(くわ)しい内容を伏せて相談してみるわ」

詩織はゲームが好きな女子が集まり、全力で楽しんでプレイする事をモットーにしているグループ『ゲーマーフロイライン』の一人だ。

以前にフロイラインでの初の昼食会に、一人は不安だからと何故かオレも連れていかれて沢山(たくさん)の女性たちに妹と一緒に絡(から)まれた事があった。

その時に確か、この辺りの総合病院で働いてると教えてくれたメガネの美人さんがいたのを覚えている。恐らくは、あの人がユリメイだろう。

冷静に考えてオレが病院に電話しても、この状況(じょうきょう)を上手(うま)く説明できる自信はない。

そもそも性転換は、病気に分類されるのかすら分からない。最悪の場合は、病院に行って頭に問題があると思われ、精神外科(げか)を案内される可能性が高いだろう。

ここは非常に情けない選択になるけど、詩織とユリメイさんを頼(たよ)りにするしかなかった。

「病院はそれで良いとして、一番の問題はアレだよな……」

「うん、お父さんとお母さんに何て説明したら良いんだろう……」

最大の問題点について口にすると、オレと詩織は互(たが)いの顔を見て沈黙する。

大抵の事は柔軟(じゅうなん)に受け止められる詩織ですら、耐(た)えられずに気絶したのだ。

この事を両親に話したら、間違(まちが)いなく大変な事になりそうな気がする。オマケに今は海外で大事な仕事に専念している、大変な時に爆弾を放るような真似はしたくない。

そう考えていると、自然と詩織と視線が合った。

彼女も同じ考えに至ったらしく、オレは口を開くとこう提案した。

「仕事が終わって、二人が帰ってくる日に話すことにしよう」

「うん、そうね。問題を先延ばしにするのはあまり良くないけど、話したら絶対に仕事を中断して明日にでも帰って来ちゃうと思うわ」

こうしてオレと妹は、銀髪碧眼の少女になった事を両親に秘密にする事にした。

②

兄妹会議を終えて、壁に掛けてある時計を見ると時刻は午後一時二十分だった。

次の合流時間は午後二時なので、まだ慌てる必要はない。

ペットボトルのアイスコーヒーを、お気に入りのマグカップに注いでリビングのソファーに深く腰掛けたオレは、一口だけ飲むとホッと一息つく。

まだ話があると、ゲームにログインしようとするのを引き止めた詩織は、オレの隣に腰掛けて甘えるように身体を預けてきた。

「はぁ、まさか謎の銀髪のプレイヤーが、お兄ちゃんだとは思わなかったなぁ……」

「……うん？　なんで前から知ってたみたいな口ぶりなんだ？」

ゲームを開始してから、まだ三時間しか経過していない。

リンネさんがブログに載せるとは言っていたが、それを考慮しても話題になるには早すぎる。

詩織がスマートフォンを操作して見せてきたのは『始まりの地に舞い降りた美麗な付与魔術師』という一つの記事だった。

「お兄ちゃんは知らないと思うけど、スライムドラゴンとの戦いを撮っていた無知なプレイヤーが、一部始終を無許可で晒しちゃったみたい。今は削除されて見られないけど、SNS全体で銀髪の付与スキルの事がすっごく話題になってるのよ」

最近のゲームは、許可なしで他人のプレイをSNSに載せる事は禁止されている。もしも本人に見つかり通報されたら、専門の機関が調べた後に違反点が加算されるからだ。

そして違反点が一定まで溜まると高額の罰金等が生じるので、動画や画像の投稿には十分に気を付けなければいけない。

SNSを確認してみると、確かに〈アストラル・オンライン〉の注目の話題で『銀髪のプレイヤー』についてみんなが取り上げている。その中でもリンネのブログは本人の許可を貰っている印が付いているという事で、アクセス数がとんでもない事になっていた。

「おお、これはリンネさん大ヒットじゃないか」

世界規模で注目されているゲームなだけあって、話題に対するプレイヤー達の食いつきがすごい。

オレはブログのコメントを眺めながら、一つだけ疑問に思った。

「それで、今更だけどなんで話題になってるんだ。オレの今の容姿って確かに可愛いけど、ゲームの世界じゃ特別珍しくはないだろ？」

「……実は〈アストラル・オンライン〉のキャラメイクには白系の色が無いの。だから、みんなレアなアバターだって大騒ぎしてるのよ」

「へぇ……、白系って結構プレイヤーに人気のある色なのに無いのか」

「フロイラインのメンバーも、銀髪にしたかったたって嘆いてたわ」

なるほど、つまり今後そういうプレイヤー達からどうやって入手したのか聞かれる可能性があるという事か。

先ず魔王と戦います、なんて言ったらブーイングの嵐が起きそうだ。

「なんか上手いかわし方ないかなー」

「みんなに納得してもらえる入手法ね。たしか上級のプレイヤー達の間では、銀色はスペシャルクエストの限定報酬かも知れないって、推測されていたわよ」

「そ　れ　だッ！」

言われて思い出したが、このゲームは自動でサブクエストを作成するシステムが入っているらしい。場合によっては、一回クリアすると消えてしまうものもある。

そういったクエストは『スペシャルクエスト』とプレイヤー達から呼ばれていて、この一週間で既に何件か確認されていた。

普通に考えるのならば、銀髪はそのクエストの達成報酬と考えるのが妥当だ。

妹が〈アストラル・オンライン〉で副団長をしている、フロイラインのメンバーを中心に作った三大クランの一つ〈フロイライン・ブリゲイド〉もそういう見解で落ち着いて、幹部達はどうやってオレを勧誘するかという話で持ちきりだと聞かされた。

「……勧誘ってなんで？」

アイスコーヒーを飲みながら意味が分からないと首を傾げたら、詩織は深いため息を吐いてから呆れた目をしてこう言った。

「はぁ……、当たり前じゃない。お兄ちゃんが注目されているのは容姿だけじゃなくて、ぽっと出のプレイヤーが、最初の草原で皆にトンデモナイものを見せたからよ」

「と、トンデモナイもので、ございますか……」

記憶の中に残っているのは、色んなスライムを狩りまくりメインディッシュとして、親友と三人でスライムドラゴンを討伐した記憶しかない。

頭の上にクエスチョンマークを浮かべるオレに、詩織はジト目で睨みつけると姿勢を変えてソファーの上に正座をする。

それから彼女は右手を伸ばしてくると、指先で無防備な左の頬をギュッと力を込めてつねってきた。

「ひ、ひおりさん、もひかしてふよまじゅつでしょうか？」

「半分は正解よ。みんなが注目しているのは、スキルのクールタイムから推測して恐らくは前衛のビルドで付与魔術師のスキルを連続で使用しているのと、お兄ちゃんが使った三連撃の攻撃スキルね。前者はＭｐ特化型なら説明できるんだけど問題は後者のスキル。三連技を取得しているトッププレイヤーは、〝まだ一人もいないのよ〟」

呆れた口調で詩織はそう言うと、頬をつねるのを止めた。

小さな暴力から解放されたオレは、少しだけ赤くなった左頬を片手で押さえながら、目の前にいる彼女が口にした話の内容に納得した。

「あー、なるほど。それは確かにビックリするだろうな……」

この一週間、ゲームの攻略の最前線で一度も見たことのないプレイヤーが、いきなり誰も手に入れていないスキルを使っていたら目立つなんてもんじゃない。

詩織がスマートフォンを操作して、目的のモノを表示すると再びオレに見せるように向ける。その記事のタイトルは『白銀の付与魔術師』というものだった。

内容を簡略的に説明すると『自身と仲間に強力な付与スキルを連続で使用した白銀の少女が、最後に未確認の三連攻撃でスライムドラゴンを倒した』というもの。

動画は上手い具合に加工して顔は見えないようにしてあり、アバターが纏う強化付与の粒子と、剣が放つスキルエフェクトを切り抜いて強調している。

ついでにコメント欄があったので、なんとなく確認してみたら——

『片手用直剣か、たしか全武器で連撃のスキルは取得するレベルが同じって聞いてるから、このプレイヤーは少なくとも誰も到達していないレベル20辺りだな』

『燃費ゴミクソの〈付与魔術師〉でレベル20なんて聞いた事がないぞ』

『でもあの赤と緑と青の粒子は、攻撃強化と防御強化と速度強化だろ。ＭＰの消費は30なのに、終盤で仲間と自分に使用して１２０の消費。そこから最後に跳躍のシュプルングを使用しているあたり、最低でも１５０のＭＰは確保してるんだろうな……』

『それだけじゃない、あの〈ソニック・ソード〉のクールタイムはどう見ても敏捷１００以上だ。つまりあの銀髪は、ＭＰと敏捷の二極特化型と俺は読んだぜ！』

『でもその前のスライム狩りの光景を見てると、スライムのHPの減り具合から筋力にも振ってる臭いんだよな。見たところ最低でも50は振ってるんじゃないか』

『おいおいおい、そうなるとレベル25じゃないとボーナスポイント足りないぞ……』

『一体何者なんだ、あの銀髪少女は……』

『アスオンの三大クランが、慌てて情報収集に動いてるらしいからな。これはもしかしたら幹部共がユグドラシル王国に来るぞ』

——そっとブラウザを閉じ、目を閉じてオレは深呼吸をした。

「うん、テンション上がってやりすぎたな。今後は気を付けよう」

「もう手遅れじゃないかしら、ここまで話が広がっちゃうと……」

「いや……ああ、うん。そうだな」

詩織には教えていないが、実は武器のスキルだけではない。

ユニークスキル〈ルシフェル〉とか、六種類ものスペリオルスキルの事とか、バレたらもっとヤバイ事になると思った。

これだけは、絶対にバレないようにしよう。

胸の内で誓うと、ふと一つだけ疑問に思った事を口にした。

「そういえば、詩織はクランの副団長なのに、オレを勧誘しないんだな」

「え、そんなことしないわよ」

即答した妹に、思わずキョトンとした顔をしてしまう。

詩織は異性なら、誰もが見惚れる満面の笑みを浮かべた。

「だってお兄ちゃんは、オンラインゲームだと他人にすごく気を遣うから、気心の知れたお友達と一緒の方が、気が楽でしょ？」

「うん、うんうん。……できる妹がいてくれて、オレも助かるよ」

流石は血の繋がった実の妹だ、よく兄の事を分かっていらっしゃる。

可愛くて料理が出来てオマケに性格も良し、リアル三種の神器を持つ妹は神里学園では高等部でも人気があり、紹介してくれと頼む男女もいる程だ。

絶対に嫁にはやらないぞ、と父親のような決意を抱きながら壁に掛けてある時計を見てみると、話をしている間に時計の針はもう二時を指そうとしていた。

身体が性転換した事と、自分が注目されている件はとりあえず措いといて、そろそろログインしなければいけない時間だ。

コーヒーを飲み干すとソファーから立ち上がり、台所に向かって軽く洗った後に片付ける。そのまま二階に向かおうとすると、不意に背後から詩織に呼び止められた。

何事かと振り返ると、彼女は真剣な口調で警告する。

「一つだけ約束して、プレイ中は絶対に変な人に付いて行かないでね。ちゃんと未成年防犯用のセクシュアルディフェンスを設定して、危ないと思ったら逃げるのよ」

「……おまえは、兄を何だと思っているんだ？」

真顔で心配する妹に、オレは思わずツッコミを入れた。

③

「ゲームスタート！」

性転換した状態で、ちゃんとＶＲヘッドギアの脳波認証が認識してくれるか心配だったけど、正常に認証されると接続が開始して仮想空間が目の前に広がる。

現実にある身体はベッドの上に寝たままで、意識は再び〈アストラル・オンライン〉の銀髪の付与魔術師ソラとして、ユグドラシル王国の宿屋の一室に降り立った。

「……とりあえず、無事に戻ってくることは出来たか」

一応確認はするけど、アバターは呪われた少女のままだ。

溜息を吐くと、ベッドと机しかない簡素な部屋から出る。そのまま一階に降りて、チェックアウトを済ませると、宿屋を後にした。

「……お、これは良い匂いだ」

お昼時だからか、風に乗って肉の香ばしい匂いが鼻孔をくすぐった。

確かこのゲームは、〈料理〉もできると話題になっていたはず。

仮想空間で味覚の再現は、技術的な問題で難しいと雑誌にも書かれていたが、この香りから推測するに期待できそうだ。

こんな事を考えると、先程リアルで昼飯を食べたというのに、またお腹が空いてきた。

オレは頭を左右に振って、湧き上がってきた食欲を強い自制心で振り払うと、周囲を見回して待ち合わせの相手であるシンとロウの姿を探した。

しかし、二人の姿はどこにも見当たらない。

VRヘッドギアの機能の一つである、フレンドリストを開いて見た限りでは、ゲームにログインはしているらしい。

それなのに、待ち合わせ場所にいないのは一体……。

メッセージ機能を使って二人に待ち合わせ場所を伝えたら、ただ突っ立っていても仕方ないので、近くのベンチに腰掛けた。

「さて、天使の名を冠するスキルは、どんな効果なのかな?」

ワクワクしながら、透明な画面に表示されたスキルの内容に目を通した。

ユニークスキル〈ルシフェル〉。

天命残数を1消費する事で――〈光齎者〉に転化が可能となる。

「むー、これは……どういうことだ?」

我このゲーム初心者、効果が凄いのかイマイチ分からない。

そのまま受け取るのなら、何かに変身するスキルみたいだが。

「うーん。確認してみたいけど、限りがあるっぽい〈天命残数〉をここでお試しに消費するのは良くない気がするからな……」

という事でオレは、次に後回しにしていた〈技能の熟達者〉を確認することにした。

なんせジョブポイントの獲得数を四倍にするのだ。

どれだけの恩恵なのかを確認する為に、サポートシステムに尋ねてみた。

『質問に回答します。職業の基本的な仕様として、新規のジョブスキルはレベルを上げる事で取得する事ができます。そして取得したジョブスキルのレベルは、獲得したジョブポイントでしか強化する事ができません』

「ふむふむ、なるほどそういう仕様か」

スキル欄を閉じて、ステータス画面に戻って職業〈付与魔術師〉をタッチした。

【職業】付与魔術師レベル22【ジョブポイント】残数84ポイント。

普通のプレイヤーならばポイントは21なのだが、オレは最初の魔王戦のレベルアップで獲得したポイントにも適応されているから四倍もある。

一度割り振ると、振り直しには高額のリセットアイテムを使用しないといけないらしいので、ここは慎重にどのスキルを強化するか選ばなければいけない。

スキルの一覧を開いたオレは、画面と睨めっこをした。

全ての付与スキルは、何も触っていないので当然ながら初期値だ。

強化に関しては、一つレベルを上げるのに5ポイント必要。この場合だと手持ちのポイントから考えて、一つを最大まで上げた後に二つ目を8まで上げられる。

少しだけ悩んだ末に自分は、十二種類の中からけして外れる事のない〈ストレングス〉と〈アクセラレータ〉と〈プロテクト〉の三つをレベル5まで強化した。

すると三つのスキルは、画面内で〈ハイストレングス〉と〈ハイアクセラレータ〉と〈ハイプロテクト〉に進化して、更には効果時間が十分から二十分に強化された。

「MP消費が30から60に増えたけど、これは面白い事になったぞ！」

進化した付与スキルが、どれだけ効果が増したのか、次に試すのが楽しみで仕方がない。

——だが、やることを終えても、親友達の姿は一向に見当たらなかった。

「アイツら、遅いなんてもんじゃないな……」

待ち合わせした時間から、既に三十分以上が経過しようとしている。

これに関して、シンは寝落ちする事はあっても、ロウが来ないのはおかしいと思った。

なんせ男同士の待ち合わせでも、一時間前にはやってくるような男だ。

「これは多分、何かあったな」

オレは待つのを止めて、二人を探すことにした。

その直後――ズシンッと大きな音がして、人の歓声みたいなものが聞こえた。

ベンチから立ち上がり、見に行くか行かないか一瞬だけ悩む。だが気になる気持ちを抑えられず、そちらの方角に向かって歩きだした。

もしかしたら、何かのイベントが始まった可能性がある。それかオンラインゲーム特有の、プレイヤー同士の諍いが起きているのかも知れない。

後者に関しては、二人の姿がない事を考えると少しだけ胸騒ぎがした。

確認したら戻ろうと思い、小走りで移動していると噴水のある大きな広場に出た。

広場には初心者プレイヤーだけじゃなく、装備の整った中級者から上級者っぽい人達が集まっていて、その視線は全て中央に向けられているようだった。

一体どうしたんだろう、そう思ったオレは彼等の視線を追ってその先を見てみる。

するとそこには、――噴水の前に倒れている二人の親友の姿があった。

④

「シン、ロウッ⁉」

嫌な予感が的中して、オレは人込みを抜けて二人に駆け寄る。

彼らは動けないのか、顔を此方に向けて「ソラ……」と呟く事しかできなかった。

見たところ二人とも、ライフポイントはピッタリ半分削れている。

ここは安全圏でモンスターが湧くことはない、となるとプレイヤーにやられたのか。

だけど国や村の中では、基本的に冒険者が同じ冒険者に攻撃しても、システムで禁止されていてダメージは無効になる。

それなのにライフが減っているということは、恐らくは唯一プレイヤー同士で戦うことを許されている〈決闘〉の半減決着で誰かと勝負をしたのだ。

でも一体誰と決闘を？

疑問に思う最中で、その人物は自分の前に堂々と姿を現した。

「ようやく姿を現してくれましたね〈白銀の付与魔術師〉さん」

背後から声をかけられて、尻目で見据える。

見たところ年齢は、二十代後半くらいの青年だった。

髪は真紅で、瞳の色も燃えるような炎を宿している。

右手に持っているのは髪の色と同じ真紅の刀。上下黒と赤のツーカラーの服を身に纏っていて、装備している軽量重視の防具はどう考えても初心者のものではない。

洞察スキルを発動してみると相手のレベルは18で、職業は〈騎士〉だった。

プレイヤーネームは、グレン。所属は〈ヘルアンドヘブン〉。

彼に相対するように立ち上がると、オレは一つだけ尋ねた。

「二人と戦ったプレイヤーは、アンタか？」

「はい、そうですね。戦うのは本意じゃなかったんですが、流石に〈決闘〉を申し込まれたら対戦のプロゲーマーの一人として、受けないわけにはいきませんでしたので」

「……二人から〈決闘〉を？」

なんでそんな事を、と視線を向けたら二人は苦々しい顔をして答えた。

「二対二の決闘で勝ったら、ソラに関わらないでくれって……そう、言ったんだ……」

「相手はプロゲーマですが、ワンチャンス、いけると……思ったんですが……」

「……お二人は強かったですよ。でも流石にＭＯＢ専のアマチュアのお二方に負ける程、プロの対戦ゲーマーは甘くはありません」

グレンはそう言うと、手にしていた真紅の刀を慣れた動作で鞘に収める。

なるほど、ある程度の動作から相手の腕前を読むことができるが、プロゲーマーを名乗るだけあってこの男は動作が凄く洗練されている。

師匠ほどではないが、ハッキリ言ってすごく強そうだ。

「なるほど、同意の上での決闘ね……」

互いに同意した戦いならば、オレがどうこう言う筋合いはない。戦いを挑んだのは此方で、目の前にいるグレンは、それを受けただけなのだから。

どちらが悪いのかという話ではなく、戦ってシンとロウが負けただけの話である。

でも、と呟いて前に一歩踏み出すと、自分はグレンに笑みを向けた。

「二人はオレの為に戦い負けた、ならオレがリベンジを申し込んでも問題ないなッ！」

「────ッ!?」

正面から容赦なく闘気をぶつけると、彼は息を呑んで一歩後ろに下がる。

自身が気圧された事に、グレンは目を見開き驚いた顔をしていた。

「なんという。これは下手をすると、団長と同等の……」

「何怖気づいてるんだよ、副団長。相手はプロでもないアマチュアの小娘じゃねぇか」

グレンの前に出てきたのは、無精髭を生やした三十代くらいの強面の男性だった。

プレイヤーネームは、ガルドというらしい。所属はグレンと同じで厚めの頑丈そうな鎧を着ており、身の丈程ある大剣を背負っている。

洞察スキルで見抜いた彼のレベルは17、職業は騎士だった。

紛れもなくトッププレイヤーの一人なのだろうが、彼からはグレン程の強い圧は感じない。見た感じだと、プロゲーマーになりたてといったところか。

ガルドはオレの前に立つと、大剣を抜いて切っ先を向けてきた。

「どうせあの動画だって、記事を書いた奴とコイツ等が結託して作ったでっち上げだろ？」

「……ガルド、皆が見てる。口を慎め。私たちはプロゲーマーでありヘルヘブの」

「いいや副団長、俺は黙らないぞ。このウソつき共の化けの皮を今から剥がしてやる」

そう言って、ガルドが何やら操作するような動きをすると、オレの目の前にウィンドウ画面が表示され〈決闘〉の半減決着が申請された。

男は見下すような視線を向けて、次に挑発するようにせせら笑う。

「どうせおまえも、あのガキ共と同じように大したことないんだろ？」

「ガルド、そこまでにしておきなさい。予定外の決闘をする事にはなりましたが、今回私達は視察に来ただけです」

口が過ぎる部下をグレンが咎めるが、熱が入った男は止まらない。

むしろ噴水の前に倒れているシンとロウを見下すように見ると、吐き捨てるようにオレの地雷を踏み抜いた。

「事実じゃないか、あの二人は俺と副団長のタッグ戦でたったの二割しか削れなかったんだ。プロの目線から言わせてもらうなら、VRゲームのセンスは無いと思うぜ？」

「…………ほう？」

対人戦のプロを相手に、MOB専のアマチュア二人が二割も削れば十分じゃないのか。畑が全く違うのに、その事をプロが考慮しないのはダメなのでは。

だがツッコミを入れたい衝動以上に、男の発言に対し先にイラっとした。

自分の事をどうこう言われようが全く気にしないが、仲間をここまで侮辱されて黙っていられるほど、オレは大人ではない。

このガルドというプレイヤー、見た目通り良い性格をしているじゃないか。

視線を決闘申請の画面に向けると、オレは暗い微笑を浮かべた。

（……良いだろう、そちらがその気なら乗ってやる）

既にどうしようもないくらいに、このアバターは目立っているのだ。

ならば遠慮する必要はない、持てる全力でこの男を叩き潰してやろう。

オレは迷わずに、目の前に表示された【ＹＥＳ／ＮＯ】の選択肢でＹＥＳをタッチした。

そうすると、自分の身体を〈決闘〉相手以外の干渉を弾く特殊なフィールドが覆った。

この状況下では、決闘者も他に一切干渉できない上に決着がつくまで消える事は無い事を、サポートシステムはテキストで教えてくれた。

腰に下げている〈エアスト・ブレイド〉を抜くと、未だに初心者用の武器を扱っているのかと言わんばかりに、距離を取りながらガルドは鼻で笑った。

涼しい顔をしてその視線を受け止めながら、オレは一言だけ彼に告げた。

「十秒持ち堪えたら、褒めてやるよ」

「は、大口叩――」

最後まで、言わせない。

互いに配置に付いたらオレは〈ハイストレングス〉と〈ハイアクセラレータ〉の二種類の付与スキルを展開した。

剣を横に構えて突進スキル〈ソニック・ソード〉を発動させる。

レベル５の付与スキルで強化された速度によって、五メートル以上の距離を視界が霞む程の速度で詰め、エラーが起きない絶妙なタイミングでキャンセルする。

そのまま必殺の強撃技〈ストライク・ソード〉を発動したら、オレは突進の力を余すことなく右手の剣に収束させた。

白銀の刃が、金色の光から青く鮮烈なスキルエフェクトに切り替わる。

未だに棒立ちしている敵の胴体を狙い、渾身の力で鎧を穿ち剣を根本まで突き刺す。

「な——ガハッ⁉」

その凄まじい衝撃に彼の身体は、くの字に折れ曲がりオレと共に十メートル以上の距離を飛ぶように移動した。

完全決着ならば、この時点でガルドのささやかなライフは全てゼロになり消し飛んでいたが、システムの仕様によって強制的に半分で停止する。

目の前に表示されたのは、勝利を告げる【ＷＩＮ】の三文字だった。

周囲の人々が姿勢を崩す程の、強烈な衝撃を直接受けたガルドは気を失い、剣を抜くとそのまま地面に倒れて動かなくなった。

痛覚はゲームの仕様で存在しないけど、身体に受ける衝撃は忠実に再現される。コレを正面から受けたのだ、しばらくは目を覚まさないだろう。

振り返ったら、周りが今の攻撃に対してシーンと静まり返っていた。恐らく彼らの目には、自分とガルドが消えたように映ったのだろう。

オレはその中を歩き、グレンの前で立ち止まる。

彼は目を大きく見張り、今の一瞬の出来事に驚いている様子だった。

「それでプロゲーマー、次の相手はアンタか？」

「……ええ、貴女がそれを望むのならば、全力で受けて立ちましょう」

自分の要望にサポートシステムが応えて〈決闘〉用のメニューを開いてくれる。

いくつか表示されたプレイヤーリストの中から、グレンの名前を選択。

すると半減決着か、完全決着かの二択が出てくるので、オレは先程のガルドから申請された時と同じように半減決着をグレンに申請した。

真紅の青年は、見て分かる程の武者震いと共に震える指で【YES】を押そうとし、

——タッチする寸前に、その手を横から伸びた何者かの右手が掴んだ。

「え……？」

「貴女は……」

呆気にとられたオレとグレンの間に現れたのは、ジンベエの上に桜の花びらの羽織りを身に纏う癖の強い真紅のセミロングヘアの綺麗な女性だった。

見たところ、グレンより少し年上くらいだ。凛々しい顔つきは男女関係なく惹き付け、堂々とした佇まいと相まって、彼女が秘める強さを物語る。

プレイヤーネームはキリエ、所属クランは〈天目一箇〉。

強者の風格を纏う女性はグレンを見据えて、呆れた顔をするとこう言った。

「装備も整ってない初心者相手に何やってんだ、ヘルヘブの副団長殿？」

「装……ああ、なるほど。そういうことですか」

「わかったなら、この場は引きな。それともしょうもない事で、この子から勝ちを拾ったことをプロゲーマーとして誇りたくはないだろ？」

「すみません、ちょっと彼女の熱に当てられすぎたようです。私もまだ未熟ですね……」

グレンは恥じるような顔をして、次にオレを見据えた。

「白銀の付与魔術師さん、残念ですがこの勝負は別の機会に」

「ちょ、待て——ぬぐぅッ⁉」

決闘要請に彼はＮＯを選択、部下に撤収する指示を出してから踵を返した。

慌ててオレが何か言おうとしたら、制止するように真紅の髪の女性が間に割り込んだ。

そこから額に鋭く痛烈なデコピンをもらい、強い衝撃にオレはたまらずその場に蹲った。

彼女は涙目のオレを見下ろすと、溜息交じりに一言だけ告げる。

「アンタは確かに強い、でもあのまま戦ってたら確実に負けてたよ」

「そんな事……」

「冷静さを失ってるね、自分の相棒をちゃんと見てやりな。ガルドは小物だが防具は本物だ。それを真正面からぶち抜いたせいで、その子はもう限界だよ」

「な……っ⁉」

指摘された事で、オレは手にしている相棒の片手用直剣〈エアスト・ブレイド〉の耐久値が、残り一割以下になっていることにようやく気が付いた。

これで戦っていたら、耐久値は無くなり確実に剣は破損していた。

アバターの半身ともいえる大事な自分の武器の状態を、頭に少し血が上っていたとはいえ、ちゃんと把握していなかった事に対し愕然となる。

（……オレは魔王と一緒に戦ってくれた相棒を、危うく折りかけたのか）

武器が壊れる事は知っていたから、頭の片隅で耐久値が削れないように気は遣っていた。

血が上ってあの男の防具を全力で撃ち抜いたが、まだ四割ほどあった耐久値がここまで削れるとは思いもしなかった。つまりそれだけガルドの防具が硬く、そして剣に高負荷を掛けてしまうほどに自分の扱い方が悪かったという事だ。

真紅の女性は苦笑すると、地面に尻もちをついたオレに手を差し伸べた。

「アタシの名前はキリエ、三大クランの一つ〈天目一箇〉に所属している副団長の鍛冶職人だ。ここじゃ話もなんだ、今からアタシの店にそこのお友達と一緒に来な」

そう言った彼女は、綺麗なウインクを決めた。

⑦

グレン達が撤収した後、オレ達はキリエに案内されてユグドラシルの大きな坂道を上がった先にある二層の職人通りまで足を運んだ。

その道中でオレは沢山のプレイヤー達から勧誘と質問をされたのだが、その全てをキリエが前に出て「アタシの客だ、用なら後にしな」の一言で黙らせた。

誰一人として食い下がらなかった事から察するに、やはりキリエというプレイヤーはかなり凄い人物らしい。

少しだけ緊張しながら歩くと、木製の小さな店の前で彼女は立ち止まった。

外観は年季のある老舗店といった印象だ。洞察スキルで見ると、建材に使われているのはユグドラシルから分け与えられたものであり、破壊不能オブジェクトの文字が読み取れる。

彼女は扉の前に立ち、準備中と書かれた看板をひっくり返して営業中に変える。

その行為にまさかと察したら、キリエはニヤリと笑って一つの鍵を取り出した。

「ようこそ、アタシの店〈リトル・ブリード〉に！」

彼女は手にした鍵をそのまま鍵穴に差し込み、軽く一回転させる。

ガチャリと音が鳴り、キリエがドアノブを回すと年季のある木製の扉を勢いよく引いて、店の中を三人に披露するように見せた。

「も、持ち家だと……!?」

驚きながらも、彼女に促されて中に入る。

すると中々に広い空間が広がっていて、壁には片手用直剣、刀、大剣、長剣、槍など色んな種類の武器が掛けてあった。

その下にはマネキンみたいなのが置いてあり、軽防具からフルアーマーの重防具まで全ての種類の防具が着せられている。

洞察スキルは、それら全て彼女の手によって作られた品だと教えてくれた。

オマケにレアリティはDランク以上で、一番下のGランクである初期装備のエアストシリーズの三段階も上の一級品ばかり。お値段は全て十万エルを超える為、今日始めた初心者である自分の所持金では一つも買えそうになかった。

「すごいんだけど、どれも高いな……」

「この前来た時よりも、レアリティが一つ高いのが増えてるぞ……」

「あそこに飾ってあるのって、先日速報サイトに取り上げられていたモノですね」

ロウが指さした場所を見たら、そこには一振りの刀があった。

穢れのない白い柄と銀に輝く鍔、鉄ではなく鋼で作られた剣身は、大抵のものなら真っ二つにしてしまいそうな鋭さを、見ている者に感じさせる。

レアリティはCで銘は〈白桜〉。そのお値段は、——なんと三十万エルだった。

ハンドメイドなだけあって、お値段の桁がヤバい。

だが高レアリティの武器も作れるということは、同時にキリエの鍛冶職人としてのスキルが高い証明にもなる。

この世界で初めて訪れた個人店に、オレは先程のプレイヤー同士のトラブルも忘れ去り、幼い子供の様にワクワクした。

「ここは限定クエストの報酬なんだ。鍛冶師のゴースト爺さんの頼み事をクリアしてみたら、自分にはもう必要ないから使ってくれって、この店と工房を貰ったのさ」

「貰ったって事は、タダって事ですか……!?」

「店とか家って、確か一番安いのでも最初の数字の後ろにゼロが八つはついてたな……」

「しかも工房付きとか、一ヶ月金策プレイしたとしてもムリだと思いますよ……」

一回きりの『スペシャルクエスト』とは、こんなにも報酬が大きいものなのか。

確かにこれならば、みんなが銀髪を限定報酬だと判断するのも納得できる。

オレは〈白桜〉の他に高レアリティがないか、壁に掛けてある武器を眺めていたら不意にキリエが目の前に立ち、手のひらを見せてきた。

「それじゃ早速、アンタが育てた相棒を見せて欲しい」

なるほど、それが目的だったのか。

相手は現環境で、トップクラスの鍛冶職人だ。

息を呑み素直に従うと、キリエに相棒の〈エアスト・ブレイド〉を鞘ごと渡した。

⑧

オレから〈エアスト・ブレイド〉を受け取ったキリエは、装飾のないシンプルなデザインの剣をスキルで診ながら額に汗を浮かべる。

その顔は、信じられないと言わんばかりに強張っていた。

……まさか、そんなに酷い状態なのかな。

真剣な顔をする彼女を、ずっと眺めていると此方も緊張する。

手にしている白銀の剣を凝視していたキリエは、数分ぐらい掛けて観察すると、やがて重たい溜息を胸内から吐き出した。

「いやはや……遠目から見ていたけど、間近で見るとコイツはスゴイな」

「相棒を、そんなに酷い扱い方してましたか……？」

不安な声音で尋ねたら、キリエは首を横に振って否定する。

彼女は剣の刀身を、指で優しく触れながら『スゴイ』と評した理由を答えた。

「初心者用の〈エアストシリーズ〉の攻撃力は、アイアンやスチールに比べると最低なんだけど、耐久値だけなら現環境の中で一級品なんだ。それはすぐに壊れるような武器を、初めてのプレイヤーに渡すのは酷だと思った、運営の優しい計らいだと思うんだけど」

「それをオレは、使い潰したって事ですよね」

「ハハハ、そんなに落ち込んで見せるな！　アタシは逆に褒めてんだよ！」

豪快に笑いながら、キリエはオレの頭を軽く撫でた。

相棒を使い潰して褒められるとは、一体どういう事なんだろう。

首をかしげていると、彼女は中断した話を続けた。

「まったく、一体何と打ち合ったんだ。強度だけならCクラスの〈エアストシリーズ〉がここまで削られるなんて、ガルドの鎧をぶち抜いただけじゃ説明できないぞ」

白銀の片手用直剣を、色んな角度で観察しながら彼女は楽しそうに笑った。

オレの〈洞察〉スキルでは読み取れないが、鍛冶職人には違う物が見えているのか。

キリエが言った、ガルドの鎧以外で剣の耐久値を削った要因。——それは間違いなく、ラスボスである魔王の攻撃を受け流した事だろう。

魔王の武器は、確実に〈アストラル・オンライン〉で一番強いのは間違いない。

更に圧倒的なステータスによって放たれた斬撃は、完璧に受け流したとしても、武器に対するダメージを0にはできない。

冷静に思い出してみると、あの時に剣の耐久値は半分削られたのだと思う。

でも馬鹿正直に、魔王と戦いましたなんて事は言えなかった。

言えば納得してもらえるとは思うし、彼女は周りの人達に言いふらすような人間にも見えない。でも出会ったばかりの人を、心の底から信用する事ができなくて、そこから一歩を踏み出す事を躊躇ってしまった。

そんな自分が情けなくて、視線を床に落として口を閉ざす。

すると隣にいたロウが、見かねたのか助け船を出してくれた。

「キリエさん、実は限定クエストで戦ったモンスターが凄く手強い奴でして、ソラが攻撃を避けられなくて剣で受けたんです。多分それが原因かと」

「そ、そうなんだ。剣の耐久値は、たぶんその時に削れたんだと思う」

心の中でロウのフォローに「ありがとう！」と礼を言いながら話を合わせた。

名前は言えないが、少なくとも強敵と戦ったことは嘘ではない（相手はラスボスだが）。

話を聞いた彼女は頷き、外見は綺麗な刃を眺めながら感想を口にした。

「なるほど、確かにヤバそうな斬撃を受け流した形跡が見られるね。相当レアリティの高い剣を持った、ヒューマンタイプのモンスターと戦ったのかな？」

「――ッ⁉」

的を射た発言に、オレは思わずドキッとする。

剣の受けたダメージから、そんな細かい情報まで読み取ることが可能なのか。

それが、鍛冶職人のスキルなのかは分からない。だけど今ので、オレはキリエという女性が只者ではないプレイヤーだと改めて認識した。

顔を強張らせてジッと見ていると、彼女は口元に微笑を浮かべて手にしていた剣を備え付けてあるテーブルの上に丁重に置いた。

「ま、ソラが何と戦ったのか今は関係ない話だな。それでアタシからの提案なんだけど、この武器をインゴットにしてみないかい？」

「……インゴット？」

「ああ、これは今日の朝方に鍛冶職人のレベルが20になって発見した事なんだけど、武器も使っているとアタシ達みたいに経験値を獲得するんだ。それが限界まで貯まると、武器作成に必要な金属――それもレアリティの高いモノにできるんだよ」

「「「武器が、レアなインゴットに……!?」」」

このゲームを始めて、既に一週間プレイしている親友達も知らない新規の情報だったらしい。オレと一緒になって、キリエの言葉に驚いた顔をした。

「ただしインゴットにできるのは、経験値をカンストさせた武器だけだ。例えば経験値が半分位の武器を溶かしたとしても、それはレアリティの変わらないモノになるんだ」

「つまりオレの剣は、その条件を満たしているってこと？」

「ああ、そうだ。……まさか朝っぱらから仲間と検証した中で、一番経験値が溜まり辛い〈エアストシリーズ〉のカンスト品を目の当たりにするなんて、思いもしなかったけどね」

キリエは苦笑して、白銀に輝く初期の剣を見下ろした。

——すみません、実は今日始めたばかりなんです。

心の中でそう思いながら、オレは額に汗を浮かべて愛想笑いを浮かべた。

「さて、話を進めようか。インゴットにするのなら、それでアタシが新しい剣を打ってやる」

「新しい剣かぁ。欲しいけど、プレイヤーのハンドメイドは……」

相棒がグレードアップするのは大歓迎だ。しかし彼女に打ってもらった場合、お値段がそれなりに掛かるのは間違いない。

店の武器から察するに、Ｄランクの武器なんてできたら、二十万エルくらいは請求されるだろう。それを危惧したオレは、キリエに一つだけ尋ねた。

「あの、すみません。それってどのくらいお金が掛かります？」

「鍛冶職人の間では、今のところ基本的にインゴットにするのは無料だ。インゴットから武器や防具を作るのは、インゴットのレアリティによって上下する。例えばＦランクの物なら最低でも一万エルくらいは取るな」

キリエいわくプレイヤーが作る武器や防具は、ＮＰＣの店に並んでいる物よりも値段が高い代わりに、性能が圧倒的に高くて耐久値も優れているらしい。

更に低ランクから高ランクプレイヤーの殆どは、鍛冶職人から装備を買うためにエルを貯めている程で、中にはエルの代わりにリアルマネーを提示する者もいるとの事。

「信頼できる相手なら、作成を先にして後払いって事もできる。アンタはどう見ても逃げるような子じゃないし、貯まったら払いに来ても良いよ」

「そういう事もできるんですね……」

武器や防具は、プレイヤーの命を預ける大切な相棒だ。それを現環境トップクラスの鍛冶職人が作ってくれるというのだ、ここは腹を括るべきだろう。

多額の借金をする決意をしたオレは、キリエに頭を下げた。

「それじゃ、キリエさんお願いします」

「よし、良く決断した。それじゃお近づきの印として今回だけは特別に、できたインゴットのレアリティに関係なくタダで一本作ってやるよ」

「……い、良いんですか⁉」

「ああ、次からはちゃんと金取るから貯めときな。その代わりにフレンド登録をよろしく」

「もちろんです！」

とんでもない破格の条件に、オレは迷うことなく即答する。

店の商品を見る限り、普通に頼めば何十万エルもするのは間違いない。そんなキリエにタダで作って貰えるのなら、フレンド登録なんて安いものである。

「あ、でもオレだけこんな良くして貰って良いのかな……」

ふと思い出し、後ろにいる二人を見ると、やはり二人とも此方を見て物凄く羨ましそうな顔をしていた。

そうなる事を予想していたのか、キリエは立ち上がるとカウンターの後ろに消える。戻ってきたと思ったら、彼女は沢山の武器が入ったボックスを持ってきた。

それをシンとロウの前に置くと、キリエは胸を張って言う。

「もちろん、ソラだけに美味しい思いはさせないさ。二人にもこの中から一つずつプレゼントをやるよ。アタシが作った、Dランクの試作品達でよければだけど」

「『高名な〈リトル・ブリード〉の品をタダで、……貴女は女神ですか⁉』」

二人が今使っているのは、どうやらこの店で購入したDランク装備らしい。そして目の前に差し出されたのは同じDランク装備品の山で、しかもどれを選んでも無料。

普通に売り物にしたとしても、一つ確実に十万エル以上もする代物である。これは一週間プレイしている、シンとロウにとっても天の恵みと言える宝の山だ。

彼女の許可を得た二人は目を輝かせ、ボックスの中に入ってる装備品を吟味する。

手に取って選ぶ楽しさも、ゲームにおいては何よりも楽しい時間だ。

「それじゃ、時間掛かりそうだからこっちも始めようか」

「はい、相棒をよろしくお願いします」

キリエは〈エアスト・ブレイド〉を手にして、代わりにストレージから一本の黒い鞘に収められた刀を取り出してオレに手渡す。

何事かと首を傾げると、彼女は綺麗なウインクをして一つだけ頼み事をしてきた。

「ソラ、作業している間は手が離せないから店番を頼むよ。それと店番をしている間にもしもコレの持ち主が来たら、渡しておいて欲しいんだ」

そう言い残して、キリエは鼻歌交じりに店の奥に消える。

漆黒の刀に視線を落としたオレは、両手で持つその剣のレアリティに心の底から震えた。

【カテゴリー】刀【武器名】夜桜
【レアリティ】Cランク【必要ステータス】筋力80
【製作者】キリエ

ヒェ、一本三十万エル……。

⑨

「お買い上げ、ありがとうございました」

チャリーンという効果音と共に、ぎこちない笑顔で頭を下げる。

今店を出たお客さんが購入したのは、Dランクの片手用直剣〈スチール・ソード〉。

鋼で作られた剣で、筋力を80要求するオーソドックスな武器である。

Dランクという事で、当然ながらお値段は一本で十五万エルだ。

現在の所持金は一万エルだから、効率の良い狩り場で稼ぐとしたら今日と明日寝る間も惜しんで頑張って、ようやく一本買えるかといったところ。

高い買い物をあっさりしていく上級プレイヤーに、オレは感心しながら背中を見送った後は、ぼーっとレジの所で突っ立っていた。

会計は基本的には、システムでのやり取りなのでやることは一切ない。

ただレジに立って来店してきた人に「いらっしゃいませ」と言って、買い物を済ませた人に「ありがとうございました」と感謝を述べて頭を軽く下げるだけだ。

店番というのは初めての経験であるが、これならば自分にも問題なくできる。

(……うん、立ってる事はできるんだけどな)

ただ唯一、客に対してスマイルが硬いのが最大の欠点だ。

こんな事、人間を相手に接客したことのないゲーマーがマトモにできるわけない。

もう何人ものプレイヤーに対し、綺麗な笑顔をしてみようと試みたが全く上手くいかなかった。

先程は親友二人にも「壊れた玩具?」と評価を貰い、ムッとしたオレは所持アイテムのスライムゼリーを二個取り出して、彼等の顔面に叩きつけてやった。

ちなみに店内には、来店した中級者から上級者プレイヤー達が武器を吟味している姿があり、みんなお値段と睨めっこしていた。

先程の〈スチール・ソード〉を購入したプレイヤーから少しだけ聞いたのだが、この店はプレイヤー間でかなり有名らしい。

だから同じ初心者は、店に入った後に値段を見ると、脱兎の如く店から出て行く。

（まぁ、良い物ばかりなんだけど高いよな……）

性能は間違いないのだけど、この店の商品を気軽に即買できるのは長時間ゲーム内にいる、トップクラスの廃人ゲーマー達くらいだ。

それだけ良質で高い装備品を取り扱っていると、ＭＭＯＲＰＧでは盗む者が現れるのが懸念される。だけど幸いな事に、そういった心配はいらなかった。

手にした武器や防具は、防犯システムによって精算しないと店の外に持ち出せない仕組みになっていると、マニュアルに載っていたから。

警戒する必要が無いので棒立ちしていたら、また新しいお客様が来店した。

「いらっしゃいませー」

今度は、自然な笑顔で挨拶できた気がする。

すると正面にいる高校生っぽい少年は、顔が真っ赤になり「て、天使？」と急に何やら空想の存在の言葉を口にして、石のように固まった。

「お客様、どうかされましたか？」

「で、出直してきますッ！」

声をかけると、少年は回れ右をして店から逃げるように出て行った。

……解せぬ、逃げる程にオレの笑顔は酷いのか。

少しだけ不機嫌な顔をしたら、何故か店内にいる他の男性と女性の客達が「若造には刺激が強すぎたか」とみんなどこか楽しそうな顔をして頷いた。

全く理解できないので、溜息を吐くと、掃除をしている親友の二人を眺めた。

彼等は現在、床の汚れと懸命に戦っていた。

「二人とも頑張ってるなー」

「こういうのって始めると、ピッカピカにしたくなるよな」

「わかります。掃除って始めると一日中しちゃうんですよね」

武器を選び終えたシンとロウは、キリエに少しでも恩返しをするために、彼女の許可を得て店の箒と雑巾を手に一生懸命掃除している状況だ。

最終目標は、今いるフロアの清潔度が九十パーセントなのを、最大値の百パーセントまで頑張って上げる事らしい。

自分も先程知ったのだが、このゲームは経験値を獲得する方法が複数存在する。

例えばキリエ達みたいな鍛冶職人は、武器を作ることで経験値を獲得できるし、店の掃除という行いも経験値を獲得できる要素の一つだった。

経験値の量はグレードによって上下する様で、スライムを倒すことに比べれば多かったり、内容によってはレベル30の〈フォレストベア〉と同じ経験値を得られるらしい。

こういった経験値上げは、戦闘が苦手な人にとっては嬉しい仕様である。

「……でも、オレはモンスター狩ったほうが楽しいかな」

「その意見には、全面的に同意だ」

「ボクとシンが掃除してるのも、タダで武器をもらうのが心苦しいからですね」

そう言って、二人は選択した装備に片手で軽く触れる。

シンが選んだのはＤランクの〈アイアン・マギーランス〉だった。

実家では父親が、フルダイブ型対戦ゲームの日本代表の有名な槍使いで、シンは小さい頃から姉と訓練をしている。確かその実力は全国クラスだったはず。

「まぁ、シンと言ったら槍だよな」

「やっぱりどんな武器を持っても、手に一番馴染むのはコイツだからな」

シンは苦笑すると、ロウの背負っている物に視線を向ける。

二枚の盾を扱う特殊なスタイルのロウが選んだのは、当然ながら攻撃力を上げる武器ではなく、防御の要となるＤランク〈アイアン・ヒーターシールド〉だ。

ロウは嬉しそうにはにかむと、盾を構えて見せた。

「この二枚の盾があれば、たとえどんなエリアボスが相手でも怖くありません」

「おお、一人でアクアバーストを受けきった奴が言うと説得力が違うな」

二人共、現在の最上位とも言える装備を手に入れてご満悦だ。

後は自分の主武器が完成したら、一度最前線のマップに向かっても良いかも知れない。

そう考えていたら、先程から店の前に集まっていたプレイヤー達から、急に驚くような声が店内にまで聞こえた。

少しだけ気になるが、オレは武器を持ってきた男性の対応を優先した。

「ご利用、ありがとうございました」

頭を下げて、武器を購入した男性を見送ったら次の客が入ってくる。

オレは笑顔で「いらっしゃいませ」と迎えると、その客の姿を見て固まった。

視線の先に突如現れたのは、長い癖のある黒髪に赤いカチューシャを身に着けた、身長百五十センチ台前半くらいの可憐な少女だった。

顔立ちは精巧な人形のように美しく、腰まで伸びている長い髪は綺麗な天然パーマである。

何よりも驚いたのは、少女の外観の美しさよりも、その見た目にそぐわない儚さと大人しさを感じさせる雰囲気だった。

表現するなら、ミステリアスと言えば伝わるだろうか。

黒い西洋風の鎧ドレスを纏う彼女は、表情の窺えない瞳で軽くお辞儀をした。

「はじめまして、クロです」

「あ、どうもソラです」

丁寧に挨拶をされたので、思わず姿勢を正して名乗り返す。

クロと名乗った少女は、オレを見て微笑を浮かべると可愛らしく首を傾げた。

「貴女が〈白銀の付与魔術師〉のソラ……？」

その名は、今ゲームの中で話題になっている自分につけられた二つ名だった。

警戒して念の為に、少女に対して〈洞察〉スキルを発動する。

表示されたPNはクロ、レベル20で〈ヘルアンドヘブン〉に所属している事が分かった。

なるほど、広場にいた二人と同じクランに所属しているプレイヤーか。

黒髪の少女はレジの前に立つと、オレの顔をジッと見つめる。

正直に言って、背筋が凍りつくような暗く冷たい闇を宿した瞳だった。一体どんな生活をしていたら、こんな十代の少女とは思えない眼をするようになるのか。

気を緩めば飲み込まれそうな視線に、オレは真正面から受けて耐えた。

生憎と此方はVRの雑食系ゲーマー、数々の名作とクソゲーを制覇してきたオレが恐れるものは、この世で怒った妹と海外にいる師匠と両親だけである。

しばらく見つめ合うと、彼女は小さな声で疑問を投げかけた。

「男の子だって聞いてたけど、どう見ても女の子だよね」

「……なんでオレが、男だって知ってるんだ？」

「シグレお姉ちゃんが、最強の従弟で弟子だって自慢してたから」

「おい、シグレってまさか、プロゲーマーの……」

少女はウィンドウ画面を出して何やら操作すると、画面を反転させてオレに見せる。

そこに表示されていたのは、彼女が相互登録しているフレンド画面だった。

注目してみると、そこには良く見知った黒髪の女性を、フルスキャンで再現したアバターの写真が載っていた。

どうやら、少女が言っている事は嘘じゃないらしい。

だがシグレの事を知っているとはいえ、正直に魔王の事を話すわけにはいかないので、オレは「これには色々と事情があるんだよ」とだけ答えた。

するとクロは、ふーんと意味深な頷きをみせるだけで、それ以降はしつこく聞いてくることはなかった。

この子、なんか調子が狂うな……。

そんな事を考えていると、不意に彼女は右手を差し出してきた。

「整備に出してたのを取りに来たんだけど、黒い刀をキリエから預かってない？」

「ああ、あの武器はキミのか」

少し待つように言って背を向け、背後の壁に掛けていた黒い刀を手に取る。

振り返って丁重に彼女に返したら、クロは両手で受け取り腰に下げて料金を支払った。

チャリーン、と整備代一万エルが支払われるのを確認したオレは、この数時間ですっかりクセとなっているお辞儀をした。

「ありがとうございま」

「先に謝るね、ごめんなさい」

「――は？」

初見殺し要素盛り沢山のＶＲダークファンタジーゲームで、数百回以上も殺されて培われた自分の危険察知能力が、ここで最大限の警報を鳴らした。

何かが来る、そう思ったオレは急いで身体を仰け反らせた。

すると空間を切り裂きながら、黒い閃光のような鋭い何かが迫り、仰け反った自分の鼻先ギリギリを通過した。

「な……ッ⁉」

第六感が働いて回避行動を取ったが、何が起きたのか一瞬理解できなかった。

額に薄っすらと汗を浮かべ、ゆっくり視線を天井から少女の方に戻す。

そこには変わらず、黒髪の少女がいた。ただ一つだけ違うのは、受け取ったばかりの〈夜桜〉を鞘から抜き放った姿勢で止まっていた事だ。

目の前の光景に、オレは余計に混乱した。

今は〈決闘〉をしているわけではない。

たとえ刃を受けたとしてもＨＰは減らないし、〈決闘〉以外でシステムが悪意のある危害だと判断したら、〈罪過数〉がカウントされて彼女はペナルティを受ける事になる。

それに自分とクロは初対面だ。こんな突発的に居合切りをされるような事を、この世界で彼女に対してやった覚えなんて全くなかった。

困惑していると、軽やかな動作で刀を鞘に収めた彼女は驚いた顔をした。

「すごい、シグレお姉ちゃんが言った通り、見ないで避けた……⁉」

「師匠の言った通り……？」

クロの発言に、凄く嫌な予感がした。

先ほど彼女が使用した居合切りだが、冷静になって思い返すと自分が良く知っているプロゲーマーの太刀筋と、非常に酷似していた気がする。

「……君は師匠と、一体どういう関係なんだ」

「わたし、シグレお姉ちゃんの弟子なんだよ。剣を受け取るついでに話題になっているアナタを探すって話をしたら、――今の兄弟子を試してこいって言われたの」

「試して来いって……。姿が変わってるのに、なんで師匠はオレだって知ってるんだよ」

「わたしも同じこと聞いたら、戦い方で分かるって言ってたよ」

「なるほど。師匠らしいな……」

それにしてもゲーム内とはいえ、オフラインと違ってオンラインは他にもプレイしている人間がいるので、当然のことだが最低限のマナーというのがある。その中で一番わかりやすいのを挙げるなら、他の人に対して迷惑行為をしないというものだ。

周囲を見回してみると、やはり店内でいきなり抜刀したクロを見て、親友や他のプレイヤー達はびっくりした顔でドン引きしていた。

取りあえず師匠の弟子らしい彼女に、オレは兄弟子として注意をする事にした。

「はぁ……こんなマナー違反の迷惑行為、今後は絶対にやるなよ」

「マナー違反なの？　弟子同士なら問題ないって言ってたけど」

「ここには、オレ以外にも人がいるだろ。やるなら二人っきりの時にしろ」

「……わかった、次から気を付ける」

オレの言葉を理解して素直に話を聞いてくれたところから察するに、言われたことをちやんと聞くタイプらしい。これは後で、元凶に文句を言わなければいけない。

胸に誓うと、少女がジッとこちらを見つめている事に気が付く。

「どうしたんだ、なんか言いたそうな顔してるけど」

「シグレお姉ちゃんの一番弟子なんだよね、今から決闘しよう」

「は？　なんで、オレが君と決闘をしないといけないんだ？」

「強そうな人全員倒しちゃって、今シグレお姉ちゃんくらいしか相手してくれないの」

嘘をつきそうな子には見えないので、恐らくは本当の事を言っているのだろう。

素直な可愛い女の子かと思ったら、まさかの戦闘狂か。

「うーん、相手してやりたいのは山々なんだけど、武器がないし今店番中なんだよな。キリエさんが戻って来るまで手が離せないから、そこにいる二人と決闘をしてくれないか？」

オレが提案して指差しすると、クロはそれを追って離れた所で見守っていたシンとロウに視線を向けた。

「……お兄ちゃん達、私と戦ってくれるの？」

「そう言われたら、男として受けないわけにはいかないな」

「女の子とは言え、シグレさんの弟子です。全力で相手になりましょう」

覚悟を決めた二人はクロとの〈決闘〉に応じるのだが、

——師匠と闘っているというのは本当だったらしい。

店の中から観戦していたが、幼い女の子とは思えない程に洗練された剣技と反応速度は、二連戦のタイマンを制し周囲のプレイヤー達を戦慄させた。

かなり健闘したとはいえ、惜しくも敗北してしまった親友達はキリエさんがいる店の奥に消える。それから戻って来ると、二人は店番をしているオレに「悪いけど、しばらく二人で対人戦の特訓をする！」と実に悔しそうな顔をして店から出ていった。

MOB専とはいえ、女の子に負けたのは相当応えたらしい。

隣で少し困ったような表情で「わたし何か悪いことした？」と言うクロに、オレは首を横に振って否定してあげた。

⑩

汗まみれのキリエが一本の剣を手に工房から戻ってくると、彼女はレジカウンターの前で、クロに引っ付かれているオレを見て驚いた顔をした。

「……これは、どういう状況だい？」

「分かりやすく言うなら、初めて会った妹弟子に懐かれてます」

「なるほどねぇ……」

今の説明で、何で二人が剣の完成を待たずに出て行ったのか察したキリエは、腕にひっついたまま離れようとしないクロを物珍しそうに見た。

実はこの戦い大好き少女、先程の不意打ちを躱した件でかなりオレの事を気に入ったらしい。鼻歌交じりで飽きずに、数十分間ずっとこの姿勢でいる。

そして気に入っていない人間には、彼女は容赦なく冷たい視線を向ける事が分かった。

既に何名かのお客さんが、クロの突き刺すような視線を受けて回れ右をしている。

そんな彼女の視線を受けて中に入ってきたのは、片手で数えられるくらいしかいない。

これでは、キリエの商売の足を引っ張っている様なものだと、オレは嘆息する。

それを知らないクロは、左腕にしがみつきながら笑みを浮かべた。

「ソラは、シグレお姉ちゃんと同じニオイがするから……好き」

「うん？　あー、そういえばどことなく似てるな。顔じゃなくて雰囲気だけど」

「ええ……師匠にそんな似てるかな……」

クロとキリエの会話に、思わず苦笑いしてしまう。

世界大会で常勝する怪物と、一緒にされるのは果たして喜んで良いのか。

取りあえず、キリエが戻って来たので店番はこれで終了だ。

引っ付いて離れないクロと一緒にカウンターから出たら、キリエから空色の鞘に収められた一本の剣を手渡された。

「ほらよ、良い武器ができたぞ。間違いなくアタシの作品の中でもクロの〈夜桜〉に勝るとも劣らない一級品だ」

グリップとガードはシンプルな作りだった。長さは凡そ九十センチくらいで、両手に伝わる重さからその剣のスペックの高さを窺い知る事ができる。

生まれ変わった相棒を両手で受け取ったオレは、目の前に表示されたスペックに目を輝かせた。

【カテゴリー】片手用直剣【武器名】〈シルヴァ・ブレイド〉

【レアリティ】Cランク

【必要ステータス】筋力90

【製作者】キリエ

（ぎ、ギリギリイイイイイイイイイイイイッ⁉）

温存していたポイントを、全て割り振る事で辛うじて達成できるラインだった。ビルドを完全に『敏捷』に偏らせていたら装備できなかっただろう。

せっかく剣を作ってもらったのに、装備できませんなんていう最悪な事態にならなかったことに胸を撫で下ろしながら、ポイントを筋力値に振った。

剣を装備したオレは、早速プロパティを開いて確認した。

詳細を見た限りでは、耐久力特化の元の剣の特長を引き継いだという感じ。

しかも名前が〈エアスト・ブレイド〉から〈シルヴァ・ブレイド〉と変わらずカッコイイのもポイントが高い、嬉しさのあまり溜息が出てしまう程だ。

「ふふ、〈エアスト・ブレイド〉を溶かすと〈エアスト・インゴット〉っていう見たことのない金属になってね。そこから打ち上げたら、こんなにも良い武器に仕上がったんだ。……でも中々なステータス要求値だ。付与魔術師のアンタが、これを装備できるのかい？」

「な、なんとか、ギリギリ装備できます……」

「そいつは良かった。早速だけど剣を抜いてみな、きっと二人とも驚くよ」

キリエに促される形で、言われた通りに剣を鞘からゆっくり引き抜いてみた。

すると目の前に現れたのは、自分とクロの顔が映る程の白銀に輝く綺麗な剣身だった。

一目で確かな力強さを感じ取れる、これは素晴らしい業物だと感動した。

「ふわぁ……キレイな剣だね……」

「うん、これなら魔王にも少しは善戦できるかも」

「「魔王？」」

キリエとクロが同時に首を傾げて、問題発言したオレはハッと我に返る。

なんて事だ、手にしている剣が余りにも素晴らしい出来だからつい口が滑ってしまった。

白銀の剣を鞘に収め、今日一番の油断にどうしたものかとアレコレ考えた末に、

「混乱させてごめん、つい他のVRゲームのラスボスを思い出しちゃった」

アハハ、と額にびっしり汗を浮かべて、苦し紛れの嘘を口にした。

それを聞いたキリエは意味深な微笑をして、理解できなかったクロは隣で可愛らしく小首を傾げ、頭の上に分かりやすいクエスチョンマークを浮かべる。

口にしてしまった以上、クロはともかく勘の鋭いキリエから言い逃れる事は難しい。

とりあえず、今はこれ以上の墓穴を掘るのは避けなければいけない。

話題を変えるためにも、隣にいる少女に視線を向けて彼女の要望をかなえる事にした。

「よ、よし。キリエさんも戻ってきたし今から店の外に出て〈決闘〉だ！」

「うん！　わたしが勝ったら、一つだけお願いしても良い？」

「良いぞ、小娘。もしもオレに勝ったら、できる範囲の事を聞いてやるよ」

「……小娘って、見た目の年齢は、わたしより少し上くらいだよね？」

そういえば忘れていたが、今のオレの見た目は彼女と年の差がそこまでない少女だ。

上手い言い訳が特に思い浮かばなかったので、とりあえず自分が高校生である事を伝え

ると、クロに「嘘は良くない」と何故か叱られてしまった。

「ウソじゃないんだけどな……」

釈然としない気持ちを抱えながら、クロを連れて店の外に出た。

⑪

店の外に出ると、そこには沢山のプレイヤー達が観客のように集まっていた。

少し遅れてキリエが出てくると、彼女はこの状況の説明をしてくれた。

「ああ、クロがアンタのところに来たから〈決闘〉が始まると思って集まってきたのさ」

キリエいわく〈黒姫〉こと、クロが強者の下を訪れると必ずＰＶＰが行われる。

だから自然と、賭け事に惹かれたプレイヤー達が、集まるようになったらしい。

ちなみにメニュー画面を開けば、近場の〈決闘〉に気軽に賭ける事が出来る。

今の賭けの参加人数は一万人くらいで、丁度オレとクロのどちらが勝つのかに対して半分くらいの予想で割れていた。

賭け金はユグドラシル王国では『五千エル』で固定されているため、配当金は二倍の一万エルくらい。待ち侘びていたチャット欄は二人の登場に盛り上がっていた。

『百戦無敗の〈黒姫〉の戦歴が更新されるのか楽しみだな』

『ガルドの一戦を見たけど、俺の知ってる〈ソニック・ソード〉と全く違ったな』

『付与スキルでブーストしたらしい。しかもそれでキャンセルして〈ストライク・ソード〉に繋げるとか、どんな脳みそしてるんだよ』

『五年前に〈スカイ・ハイファンタジー〉で猛威を奮ってた〈武神〉を思い出す動きだったな』

『ああ、あのクリア者ゼロのハイエンドコンテンツ〈サタン〉をあと一歩まで追い詰めた伝説の六人プレイヤーの一人か。言われてみたら、確かに――』

　後半のやり取りに耐えられなくなり、即座にチャット欄を閉じた。

「ソラ、どうかしたの?」

　胸を締め付けられるような感覚に、ギュッと目を閉じて耐えていたら、隣にいる少女が心配そうな顔をして此方を見ていた。

「いや、なんでもない。それよりも早く始めようか」

「……わかった」

　促されるとクロは頷き、絡ませていた腕を解いて歩き出す。

　黒い刀の柄に手を掛けて、彼女が立ち止まったのはおよそ八メートル近い距離。

付与スキルで強化した〈ソニック・ソード〉を発動させれば、一瞬で詰める事ができると思うけど、クロの実力ならば余裕で対処されそうな距離だ。

ハッキリ言って、――彼女は強い。

シンとロウは、対人戦ならばアマチュアの中でもトップクラスだ。それをタイマンで倒したという事は、クロの実力は紛れもなくプロゲーマーの域に達している。

オレは自分の頬を、両手で軽く叩いた。

――意識を切り替えろ。今は目の前の強敵に集中するんだ。

彼女を見据えると、その佇まいから内に秘めている実力を、ＶＲゲームに身を捧げた十年間で培ったリアル洞察力で読み取った。

強さ的には自分にかなり近い、迂闊に飛び込めば痛い目に遭うだろう。

そう考えていたら、彼女は此方を指差して一つだけ尋ねてきた。

「ソラは、下の装備はそれで良いの？」

そういえば、エリアボスからドロップしたコート以外は全て初期装備のままだ。

初期の装備衣服に防御力は全く無い為、この部位に攻撃を受けたダメージは軽減されることなく自分のＨｐを削ることになる。

スペリオルスキルの〈物理耐性〉である程度は軽減されるといっても、それは無いよりまし程度だった。

故にそんな装備で大丈夫かと、クロは心配してくれたみたいだが。

「コートがあるから問題ないよ、それよりもさっさと始めよう」

オレの発言に少しだけムッとしたクロは、少しだけ暗く冷たい声で呟いた。

「……わたし、舐められてる？」

「いやいや、舐めてない。クロはこのゲームで出会ったプレイヤーでは一番強いよ」

「なら、装備を整える時間くらいはあげる。なんだったらエルを分けても良い」

「うーん、それはとても魅力的な提案なんだけど……」

オレは彼女から申請された半減決着の選択肢で『ＹＥＳ』を押して笑った。

「悪いけど、そういう施しはお断りだな」

「負けたのを、装備のせいにしないでね」

——戦いが始まる。

オレは先ず付与スキルを発動、選択するのは攻撃力上昇の〈ハイストレングス〉だ。

白銀の剣と漆黒の刀、相反する二つは金色のスキルエフェクトを刃に纏うと突進スキルを同時に発動させて真正面からぶつかる。

鮮烈な光を纏った白銀の刃と、淡い光を纏った漆黒の刃が衝突すると、二つの異なる刃は赤い火花を散らしてお互いの動きを停止させる。

だがそれは、ほんの僅かな時間だけ生じた拮抗だった。

漆黒の刃は白銀の刃に押されだすと、踏ん張ることが出来ないと判断したクロは、堪らずバックステップをして鍔迫り合いから逃げるように離脱した。

距離を取った黒髪の少女は、刀を構えながら驚いた顔をしてオレを凝視する。

その目は信じられない、と言わんばかりに大きく見開かれていた。

「……同じ技の威力じゃない」

「うーん、そうかな？」

「とぼけないで、その赤い光が付与スキルなんだね」

隠しようのない身体から放つ真紅の粒子から、あっさりと彼女に正体が看破された。

やはり対人戦だと、付与スキルはエフェクトの粒子でバレるのが難点だ。

どうにかできないだろうかと考えていると、クロが刀を鞘に納めて笑った。

「……やっぱり只者じゃない、それならッ！」

少女は漆黒の刀を手に、再び突進スキル〈ソニック・ソード〉を発動させた。

今度は真っ直ぐに向かってこない。技の発動後にトップスピードを維持したままキャンセルをして、格闘家のスキル〈瞬歩〉で更に加速する。

二つのスキルを交互に連続で行い、とんでもない速度でジグザグに迫ってくる。

これは以前に妹から聞いた、アストラル・オンラインで現在一部のトッププレイヤーが使用している技の一つ。二つの移動系スキルを利用した〈ソニックムーブ〉だ。

あの技は敏捷１００以上でクールタイムを短縮しなければできない上に、高速でスキルの発動とキャンセルを交互に行い、更には姿勢制御も併せてしないといけない。

更にそこから、攻撃に繋げようとすると技の難易度はもっと跳ね上がる。

喩えるのならば、暴れ馬に乗って弓で正確に的のど真ん中を射抜くようなもの。

その為に並の人間では思考がついていけないと、三日前くらいに妹が見ていたテレビのアスオン特集で、プロが解説していたのを思い出した。

そんなプロゲーマーでも一握りしかマスターしてない技を完璧に使いこなしているクロは、やはり素晴らしいセンスを持っている。

だけど見た感想を言うなら、まだ技の完成度が甘いと思った。

頑張ってフェイントは入れているようだが、視覚から狙おうとする癖のある動きでどこを狙っているのかバレバレだった。

これならば、取得した〈感知〉スキルを使うまでもないと剣を握る手に力を込める。

視界から消えたクロが右側面から刀のスキル〈瞬断〉を放ってきた。

オレは振り向くと同時に、防御スキル〈ソードガード〉を発動させて、首を狙った必殺の居合切りにタイミングを合わせて横から打ち払った。

「速いのは良いんだけど、読みやすいな」

「……ッ」

彼女は横に払われた勢いを利用して反転。

そこから刀スキル、水平二連撃〈白虎〉を発動する。

高速で繰り出される二連続の横一文字切りが、オレの首を切り裂かんと緑色のスキルエフェクトを刃に宿して放たれた。

それを見切り、冷静に初撃を〈ソードガード〉のスキルで受け流す。二撃目の回転からの重たい一撃は、タイミングを見計らいジャストガードで止めた。

「確かに技は良く洗練されている。でもそれだけじゃ、兄弟子は仕留められないぞ」

「……防戦一方で、何を偉そうに」

「なら魅せてやるよ、スキルはこう使うんだ！」

力業でクロを大きく弾き飛ばして、速度強化の〈ハイアクセラレータ〉と突進スキルの〈ソニック・ソード〉を使用する。

格闘家のスキルは無いが、敏捷１５０によって短縮されたクールタイムと付与スキルの加速で疑似的に再現してみせ、あっという間にクロの側面を取った。

選択するのは、水平二連撃技の〈デュアルネイル〉。

正に先程の攻撃をトレースした形で、オレは地面を強く蹴るタイミングに合わせ、水平に構えた剣に勢いを乗せて右から左に一閃させる。

辛うじて反応したクロは一撃目を刀で防ぎ、後ろに下がりながらも二回目の回転から繰り出される高速の斬撃を受け止めようとする。

だが――スキルの二撃目を放たなかった。

途中で水平二連撃をキャンセルし、その場で高速で回転した勢いのまま一番威力のある刺突技〈ストライク・ソード〉に繋げる。

エフェクトの色で、クロは二連続の斬撃が来るかと思っていたらしい。緑色が青いスキルエフェクトに変わったのを確認すると慌てて回避しようとした。

反応は悪くないけど――遅いッ！

必殺の突き技が、避けきれなかった彼女の左肩を深く切り裂く。

クロのライフポイントが、全体の一割ほど削れた。

「う……ぐぅ⁉」

痛みは無いが、クロは衝撃に顔を歪ませながらも〈瞬歩〉で離脱する。

安全圏に逃げた彼女の顔は、信じられないと言わんばかりに驚いていた。

「……〈デュアルネイル〉の高速斬撃を途中でキャンセルして〈ストライク・ソード〉に切り替えるなんて。まるでシグレお姉ちゃんみたいな動き……」

一撃目を放ってから、次の二撃目までコンマ数秒しかない。

そんな短い時間の中で、キャンセル技を挟むのは簡単ではないが、バトルアクション〈剣舞〉というクソゲーでは、それができないと道中の雑魚に勝つことすら困難だ。

死に物狂いでCPU相手に、コンマ数秒のキャンセル技を試行錯誤していたオレにとっては、この程度の切り替えは出来て当たり前である。

クソゲーと連呼しながら、プレイしていた日々が懐かしい。

「さて、先にダメージを入れたのはオレだけど、まだ本気じゃないんだろ。兄弟子に魅せてみろよ、おまえの全部を」

後三割のダメージを与えれば自分の勝ちだが、ここで終わるほど彼女の底は浅くない。

まだ〈格闘家〉のスキルを、一つしか見せていないのだから。

「……分かった」

オレの挑発を受けて、クロの雰囲気が一変する。

何やら赤いオーラを身体に纏い、肌に感じる情報圧が大きく上昇した。

アレは何だ、と〈洞察〉スキルで確認しようとすると、クロは刀を下段に構え、突進スキル〈ソニック・ソード〉で勢いよく前に飛び出した。

「――速い⁉」

前に出たクロの速度は、驚くべきことに先程よりも数段上だった。

普通の突進スキルではないと一目で理解したオレは、タイミングを見計らって剣を構えて、通常攻撃の右薙ぎ払いで迎撃を試みる。

すると直前で、クロは地面を強く蹴って空高く飛翔した。

放った斬撃は空振り、跳んだ彼女は頭上を通り過ぎて自分の背後に着地する。

マジかよ……ッ⁉

これには、流石に少しばかり驚かされた。

何の土台も無しで人を跳び越えるほどのジャンプは、自分の跳躍強化の付与スキル〈シュプルング〉でなければ難しい。

驚きながらもオレの〈洞察〉スキルは、その正体を看破する。

――格闘家の能力強化スキル〈戦意高揚〉。

自身のMPを消費して、攻撃力と速度と跳躍力を一時的に上昇する。つまり彼女は上昇した跳躍力に、恐らくは〈瞬歩〉の加速を合わせて跳んだのだろう。

背後から迫り、クロは一番速度のある〈ソニック・ソード〉で迫って来る。

今から振り返って受けるのは、絶対に間に合わない。

クロの横薙ぎの斬撃が、オレの背中に振り下ろされた。

スキルで強化された〈ソニック・ソード〉は、直撃を貰えばバックアタック判定と合わさって、確実に自分のHPを半分まで削るだろう。

だがオレは、絶体絶命の状況に挑むように笑って見せると、

「色んなVRゲームで、背面からの不意打ちっていうのは、良くあるんだよ」

この場面で、目を閉じ──スペリオルスキル〈感知〉を発動させた。

それにより広がったのは、周囲を立体的に捉える事ができる超感覚。

普通の人間は、気持ち悪くなりそうな知覚範囲の拡大だけど、去年プレイした神ゲー『心眼のシノビ』で全く同じシステムを極めたオレは全く苦にならなかった。

背後から迫るクロの位置と武器の構え方、どういう角度と速度で自分を切ろうとしているのか、それらの情報を全て一瞬で把握する。

──ここだッ！

振り返らずに剣を左手に持ち替え、刀身を指先でつまむ。

クロの一撃が叩き込まれようとしている場所を狙い、これ以上ないタイミングで防御ス

キル〈ソードガード〉を合わせて斬撃を受け止めた。

ジャストガードの判定が出ると、自分と彼女の攻防は完全に拮抗する。

このチャンスを逃すまいと、左の踵を軸に超高速の反転。クロの一撃を受け流しながら右手を放し、オレは自由になった右手で手刀を作った。

「素手の攻撃スキルがない〈付与魔術師〉で手刀だと⁉」

決闘を見守るプレイヤー達が、驚きの声を上げる。

オレは〈ストライク・ソード〉のモーションを完全に再現して、青い鮮烈なスキルエフェクトを右手に発生させた。

それを見て回避ができないと判断したのか、クロは攻撃が来る前に決着をつけようと、格闘家の初期攻撃スキル〈龍蹴〉を発動する。

姿勢を崩しながらも、金色の左の蹴りがオレの右脇腹を的確に捉えた。

「ぐ……ッ」

防具のない自分は、本来なら此処で五割削られて終わるはずだった。

だが常時発動してるスペリオルスキル〈物理耐性〉と、ギリギリで自身に付与した防御力上昇〈ハイプロテクト〉によって、受けたダメージは五割に届く前で止まった。

耐えきったオレは笑みを浮かべ、クロを手刀が届く間合いに捉えた。

「これで、――チェックメイトだ！」

重心の移動と身体の回転で威力をブーストし、渾身の力でクロの漆黒のドレスに守られた胴体を狙って〈ストライク・ソード〉を叩き込んだ。

「あ……ぐはぁ!?」

間近で叩き込まれた手刀は、彼女の細い身体を貫かんとばかりに半ばまで突き刺さり、残っていたライフポイントを丁度半分まで削り取った。

ＨＰが半分になった事で、一時的なスタン状態になったクロは自立できなくなり地面に倒れそうになる。

そんな彼女をとっさに背中に左手を添えて支えると、オレは【ＷＩＮ】の三文字の勝利判定を受けて微笑を浮かべた。

「良い勝負だった、あそこでオレに一撃入れるなんて凄いじゃないか」

「……武器がなくてもスキル使えるなんて、知らなかった」

「ああ、武器が無いとスキルは使えないとは記載されて無かったからな。試しにぶっつけ本番でやったけど、上手くいって良かったよ」

「……あなた、とてもクレイジーな人だね」

ふふん、とオレは目を丸くするクロに得意そうな顔をするとこう言った。

「おまえは頭おかしいって、良く言われるよ」

その言葉に、クロは楽しそうに笑顔を浮かべた。

⑫

戦いが終わると、周囲から空気を震わす程の大歓声が沸き上がり、素晴らしい技の応酬を見せたオレとクロに盛大な拍手が送られた。

「鳥肌ヤバいわ、最後のアレなに⁉」

「見た通り、前向いたまま背後からの攻撃を剣で防御したんだよ！」

「しかも拮抗したって事は、ジャストガードだろ？　普通そんなことできるか⁉」

「タイミングなんて分からないし、どこを攻撃されるのか分かっても真似できねぇよ！」

最後に見せた防御に、みんな興奮している様子だ。

オレは苦笑し、クロを支えたまま逆手に持った白銀の剣を鞘に納める。

次に敗北ペナルティによって、三分の無敵硬直を強いられている小さな身体を、付与スキルで強化したステータスでお姫様抱っこした。

ふん……ッ！　お、思っていた以上に、筋力値が足りない⁉

これは戦闘中に行動不能になった仲間を抱え、走って逃げるのは難しそうだ。

検証も兼ねた抱っこに、急に抱えられた何も知らないクロは、びっくりして「ふぇ!?」と変な声を出して顔を真っ赤に染めた。

可愛い妹弟子だな、と思いながらも慎重に歩いて、キリエが待つ店の前まで向かう。

そこでキリエにクロを引き渡すと、彼女は口を尖らせて言った。

「えー、ソラの抱っこが良い」

「ほんと、アンタは素直だね……」

不満そうな顔をする少女に、キリエが呆れた顔をする。

流石に〈決闘〉で少々疲れたので、彼女にクロを渡したのだが一体どんなビルドにしているのか、全く苦ではなさそうだった。

クロは大きな溜息を吐くと、実に残念そうな顔をした。

「あーあ、負けちゃった」

「そういえば、クロが勝ったらオレに何を要求するつもりだったんだ?」

「えっとね……実は、お友達になってほしかったの」

「お願いって、それだけ?」

「うん。わたし同年代のお友達がいなくて、だから……」

少女は口ごもりながら、しょんぼりと目を伏せた。

つまり彼女は、一種のコミュニケーション障害――コミュ障というやつらしい。

交友関係で言うのならば、オレもシンとロウの二人以外に友人と呼べる者はいないので、彼女の事はとやかくいえない。だけどゲームに籠って百人切りをしていた所から察するに、リアルで友人と呼べる者は殆どいないのだろう。

少しだけクロの私生活が気になるけど、ＶＲネット界隈で此方から相手のプライバシーに触れるのは、古くからの絶対的な禁止事項である。

「なるほど、そんなことなら勝利報酬じゃなくて普通に頼めば良いのに」

「普通に頼めたら苦労なんてしな――ッ⁉」

後ろ髪を軽く掻きながら、オレはクロを抱えているキリエを一瞥する。

視線から意図を読み取った察しの良いキリエは、頷くと抱えていたクロから手を離した。

「きゃ――」

急に支えを失った少女は、指一本動かせない状態で落下して軽い悲鳴を上げる。

そのまま地面に落とすなんて、可哀想な事は絶対にしない。落下する彼女を〈ハイストレングス〉を使用し、途中で受け止めた。

目をぱちくりさせる少女に、自分は優しい口調で言ってあげた。

「まったく、オレとクロはもう友達だろ」

「……友達に、なってくれるの？」

「ああ、もちろんだとも」

力強く断言すると、抱えている彼女の表情がパァと明るくなる。

そして心の底から嬉しそうに、花のような笑顔を浮かべた。

「ソラと、友達！」

「フレンド申請送っとくから、硬直が解けたらOKしてくれ」

「うん！」

身体が動かせるのならば、クロは小躍りしそうなくらいに上機嫌となる。

心の底から喜んでいる彼女を見ていると、なんだかこっちまで嬉しくなった。

するとそれに便乗して、周りにいた何名かの男性達が集まって頭を下げて来た。

「「──自分達もお嬢さん方の友達になって良いですか⁉」」

「「バカ野郎、百合の間に挟まろうとするなぶち殺すぞッ！」」

「「ギャーッ⁉」」

話しかけてきた無粋な男性達は、突然現れた大多数の『百合の間に挟まる男に死あれ』の文字を大きく背中に記載した集団に捕まり連行された。

「この国が運営している教団〈ＬＭＤ〉だね。女性同士の交友の邪魔をする男達を捕まえる権限を持っていて、拘束されたら考えを改めるまで解放してくれないらしいよ」

「ＮＰＣが立ちあげたんですか……⁉」

キリエの説明に、オレは驚いた。

遠くを歩いている彼らの後ろ姿は、一目見ただけで強い信念を感じさせる。それだけあの集団は、女性同士の交友を妨害する男性を許せないのだろう。

発足された経緯が気になるが、そこで再び周囲が騒がしくなった。

不意に背後から肩を叩かれたオレは、一体誰だと思って振り返り——言葉を失った。

「久しぶりだな。離れた場所から見させてもらったが、鍛錬は怠っていないようだな」

「え……？」

目の前にいる女性を見て、そんなバカなと困惑する。

今の彼女は、プロゲーマーのチーム〈ヴァルキュリア〉のリーダーに就任して、今は対人戦のＶＲゲームに専念していると雑誌で見た。

何事にも手は抜かないタイプだ、こんなＭＭＯＲＰＧをやっているような暇があるとは到底思えない。

だが昔から見ているその顔を、自分が見間違えるなんて事は絶対に有り得ない。

額にびっしりと汗を浮かべると、腕に抱えているクロが「シグレお姉ちゃん、負けちゃった」と少しだけ残念そうな顔で報告した。

女性は優しい顔で、クロの頭を撫でて次にオレを見ると、

「ソラ、ガルドの件で迷惑をかけてすまない、後でシンとロウにも謝罪をしておく。……それで、その姿はどういうことなのか今から説明してもらえるか？」

「し、師匠……」

緊張の余り、上ずった声で返事をしてしまう。

二振りの刀を腰に下げた、サムライ衣装の彼女の実名は月宮時雨。ＶＲ対戦ゲームの世界大会で、五年間連続で優勝を成し遂げた絶対的な王者。

容姿は編み込んだ茶髪のセミロングヘアに、身長百七十センチくらいの美しい女性。

世界的に有名な彼女は、オレの対人戦の師匠であり——従姉だった。

⑬

ＶＲゲームを始めたキッカケとなったのは、従姉の時雨が自分と互角に戦える相手がも

う一人欲しいという、ただの自己欲求を満たす為のものだった。

ゲームのジャンルは、一対一の対戦ゲーム。

十年前から今も熱狂的な人気を誇る〈デュエルアームズ〉という、あらゆる近接武器を手に戦い相手のＨＰをゼロにするだけの単純なゲームだ。

休日は朝から晩まで付き合わされ、初めの頃は何度もボコボコにされていた。

それでもＶＲゲームの面白さにのめり込んでしまったオレは、次第に上達していって気がつけば彼女と五分の戦いを繰り広げるようになっていた。

戦績はトータル数千を超えてからは、お互いに面倒になって数えるのを止めた。

最後に戦ったのは五年前、彼女がプロゲーマーとして海外に活動拠点を移す前日だ。

しみじみと思い出して、オレは向かい側の椅子に背筋をピシッと伸ばして座るシグレに視線を向けた。

相変わらず綺麗な容姿をしている、と胸中で溜息を吐いた。

「シグレ、誰も入れないようにしてきたぞ」

「ありがとう、キリエ」

店の戸締りをしてきた店主と、シグレは親しそうに会話をする。

二人のやり取りを眺めながら、オレは抱いた疑問を口にした。

「師匠とキリエさんって、もしかして知り合いなのか？」

「ああ、大学の時にVRゲームサークルで知り合った戦友だよ」

「物足りない人達が多い中では、まともに私の相手をできる数少ない友人だった」

「まともに相手ねぇ、……アタシは一度もアンタに勝った事ないと思うんだけどな」

シグレの説明に苦笑交じりに答えて、キリエは先に座っているオレ達と三角形になるように丸いテーブルの座席に腰掛ける。

この場にいるのは、自分とキリエとシグレの三人だけでクロの姿はない。

彼女も話の場にいたかったようだが——アメリカの時間は午前六時頃。

どうやらクロは、三時くらいに早起きをしてずっとプレイしていたらしい。

休憩をするようにシグレから言われると、オレと一緒に居たいと不満そうな顔をしながら、最終的にはこの店の空き部屋を借りてログアウトした。

次にログインした時には誘ってあげよう、そう思っているとシグレが口を開いた。

「ソラ、あの子と仲良くしてくれてありがとう」

「し、師匠……？」

「クロは私の親戚の子なんだよ。学年はまだ中一なんだが、一年前にちょっと色々と事情があって今は両親が二人とも不在なんだ。それで他に身寄りがいない彼女を、経済的に余裕のある私が引き取ってるんだが……」

「マジかよ、師匠って仕事の片手間に子育てしてたのか」

「ああ、でも引き取ったまでは良かったんだけど、ちょっと引きこもりになってしまってな。困ってチームの皆に相談したら、彼女と一緒にこのゲームをする事になったんだ」

「なるほど、それでMMORPGを……」

色々ありそうな子だとは思っていたけど、まさかそこまでの訳アリとは。

たぶん最初にあの子から感じ取ったミステリアスな雰囲気は、側に両親がいない事に原因があるのかも知れない。

これには流石に、彼女の境遇を気の毒に思わずにはいられない。

次に会った時には、友人としてもっと仲良くしてあげよう。

そんな事を考えていたら、オレの顔を眺めながら普段はクールな表情を崩すことのないシグレが、珍しく嬉しそうな顔をした。

「オマエから見ても、クロは強かっただろう」

「ああ、すごく強かった。……そういえば、ネトゲ初心者に店内で危険な行為させるなよ。周りのプレイヤー達がドン引きしてたぞ」

「でも裏路地になんて連れ出されたら、おまえは間違いなく警戒するだろ。それで不意打ちをするのは、かなり厳しくなると思わないか？」

「確かに、警戒するとは思うけどさ……」

この世界王者は、不意打ちをさせないという選択肢が頭に無いのか。

普段はプロゲーマーとして、ネットマナーをちゃんと守っているくせに、身内が相手になると急に非常識になるのは一体何なんだ。

げんなりするオレを無視して、シグレはクロの話題に軌道修正した。

「実は、あの子はアレでゲームを始めて半年なんだ。両親がプロゲーマーとはいえ、私が教えていることを次々に覚えていく様は、見ていて末恐ろしく思うよ」

「は、半年であのレベルって、ウソだろ……!?」

これにはオレも、危うく椅子からひっくり返りそうになった。

現段階でプロレベルの強さだというのに、まだ始めて半年というワードは十年以上VRゲーマーとして活動している自分にとっては、実に衝撃的だった。

先ずVRゲームの操作に慣れるのに、最低でも一ヶ月。そこからビギナーを卒業するのに、最低でも一年は必要と言われているのが、現代のVRゲーマーの常識だ。

オレは先程の戦いで、少女が使用していた技の完成度を思い出して身震いした。

「……それで、おまえはどうしたんだ。私の記憶では、ソラは男だったはずだが」

「え、男の子？　この可愛らしい女の子が？」

シグレの言葉に、キリエが目を丸くして彼女と自分を交互に見る。

二人の疑問を解消する為に、オレは今日起きた事を包み隠さずに語った。

「信じられないとは思うんだけど、簡単に説明するとゲームをスタートしたら〈魔王〉といきなり戦うことになって、負けたら呪われて女の子になったんだ」

「「は？」」

突然のカミングアウトに、聞いたシグレはもちろんの事、ある程度予想していた筈のキリエまでもが面食らってぽかんとなる。

そこにオレは、畳み掛けるように説明を続けた。

「しかも、魔王を倒すまで解けないんだよ」

「ちょっとまってくれ！　ほ、本当に元は男の子なのかい⁉」

「そうですよ。……と言っても呪いのせいで、今はこんな有様ですが」

答えを聞いたキリエは、口を半開きにしたままシグレの方を見た。

「ソラが男なのは間違いない。それは生まれた時から付き合いのある私が保証する。……でも、このゲームはバグや不正の修正は即座に対応するんだ。だから今日、ソラの身に起きたその現象がバグだとしたら、絶対にその場で修正されているはずだ」

「……それが、修正されないということは？」

「恐らくは特殊イベントなんだろう、現状で考えられる限りでは」

普通のゲームで考えるのなら、自分もシグレと同じ考えを抱くだろう。

レベルは一気に20まで上がったし、色々とスキルも覚えたし最初からチート状態なのは、ゲームを進める大きな手助けになる神イベントだ。

これの問題点を挙げるとするなら、その代償に強制的に性転換させられる事くらいだった（許容できる人にとっては問題ないけど）。

だが一番の問題は内側じゃなく外側にあり、この銀髪少女になるプログラムの呪いがアバターだけでなく――〝現実の身体にも影響を与えている事〟である。

どういう理屈で、そんな現象が起きたのかは全く分からない。

二人は信頼できる相手なので、いっそのことリアルで起きた問題を話しても良いのではと考えるが、それは冷静に考えて止めた。

現実でアバターと同じ姿になったなんて、話したところで解決方法なんて出てこないだろうし、無駄に心配させてしまうだけだから。

そんな事を延々と考えていたら、シグレが鋭い目つきで指摘してきた。

「その顔は、アバターの性転換だけじゃなく、他にも何かがあったな」

「え、は……。オレ、顔に出てた？」

「何年タイマンをしていたと思っているんだ。おまえがいくら表情を隠していようが、アバターの僅かな情報圧の揺らぎで、隠し事をしているのは分かる」

「なにそれ怖い……」

「アンタ、相変わらずヘンタイだね……」

シグレに対するキリエの発言に、自分も強く頷いて同意する。

このチート人間、昔からデータの塊であるアバターがプレイヤーの思考に影響されて発する、微細な変化を読み取って来るのだ。

しかも変化の度合いで、攻撃なのか防御なのか特殊技なのかまで分かるらしい。

見抜かれたオレは、顔に出さないが内心でドン引きした。

……だけど、今は彼女達に話す時じゃない。

結論を出したオレは、取りあえず鋭い従姉の目を誤魔化すため、自身が抱えているもう一つの秘密を語る事にした。

「ここだけの話なんだけど、実は呪いを受けた時にユニークスキルを獲得したんだよ」

「「ユニークスキル……？」」

綺麗なタイミングで、二人の声が全く同時に重なる。

貴女（あなた）たち息ぴったりだね。

そんな感想を抱きながら、正直に自分が獲得したユニークスキル〈ルシフェル〉が秘めている効果を全て一から説明した。

「えっと……実は——」

数分かけて全て語り終えると、詳細（しょうさい）を聞いた二人は難しそうな顔をする。

「……天命残数を消費して〈光齎者（ルシファー）〉になるか」

「七種類ものスペリオルもヤバいね。特にジョブポイントの取得量が四倍はヤバいなんてものじゃない。アンタのレベルが今20だとしたら、この時点で76ポイントだろ。一つのスキルに絞（しぼ）って強化したら最大まで上げられる計算になるよ。とんだ、ぶっ壊（こわ）れスキルだ」

確かにレベル5に強化する事で進化した、攻撃強化と防御強化と敏捷（びんしょう）強化の三つだけでも、〈付与魔術師（ふよまじゅつし）〉はヤバいくらい強い。

——とは言っても、気軽に付与スキルを使えるのは〈魔力（まりょく）の効率化〉というチートスキルで、常にMPの消費量が十分の一になっているからなのだが。

思案していると、キリエは苦々しい顔でこう言った。

「いやはや、流石にここまで来ると、チート過ぎて笑っちゃうよ」

「確かに今のソラは、面白いくらいにチートキャラだな。ここまで強いと、まるで〝誰かがソラに最強になって欲しい〟という意図すら感じるくらいに露骨だ」

「運営に知り合いなんて、いないんだけどな……」

それから数分間、オレ達は意見を出し合ってみた。だけど答えなんて出てくるわけがないので、結局この件は一旦保留する事になった。

「それにしても、天命残数を消費して〈光齎者〉になったらどうなるんだろうね。ルシファーって事は、翼が背中から生えて天使か堕天使にでもなるのかい？」

「キリエさん、申し訳ないんですけど、まだ一度も試したことはないんですよね。この天命残数っていうのが、残機だとしたら無暗に使うのがもったいなくて……」

「いや、それで良いと私は思う」

シグレの発言に思わず首を傾げると、彼女は両肘をテーブルについて両手を合わせた。

アレは、彼女が確証のない自分の推測を語る時の姿勢だ。

少しだけ緊張すると、シグレはゆっくり自身の考えを語りだす。

「話半分で聞いてほしい。これはあくまで私の直感なんだが、このステータス画面から見ることのできる〈天命残数〉の『100』という数字はどこか」

——人間の『寿命』に酷似していないか？

そう付け加えた彼女の言葉に、ゾクリと全身の鳥肌が立った。

「に、人間の……」

「寿命だと……？」

「ああ、そうだ。もしもこれが全部無くなると、もしかしたら私達が使用しているアバターは消滅するのかも知れない――というのが、私の推測だ」

「おいおい、たしかこのゲームってアカウントは基本的には一つが大原則だったよな。シグレのその話が本当だとしたら、天命残数が無くなったプレイヤーは二度とアストラル・オンラインがプレイできないって事になるよ」

「このゲームは無料ダウンロードだ、その可能性は十分に考えられる。……でも残機を全て消失したプレイヤーは未だいないから、実際にどうなるのかは分からないな」

二人が真面目に考察をしている横で、オレは言葉を失っていた。

何故なら、残機がゼロになった時に、この身に何が起きるのか察してしまったから。

「ソラ、どうかしたか？」

「おやおや、アンタが真面目な顔して言うもんだから、従弟君がビビっちまってるじゃないか。可哀そうに、ちゃんとフォローしときなよ」

「そうか、驚かせてすまない。忘れていたがおまえは昔からホラー物が苦手だったな」

「ハハハ、アレだけ強い〈白銀の付与魔術師〉にそんな弱点があったなんてこれは意外だね」

違(ちが)う、違うんだ……。

もしも性転換と同じで、この〈天命残数〉がリアルに反映されているとしたら。

——この世界で残機が『0』になれば、プレイヤーはリアルで死亡する。

それから近況報告(きんきょう)で、シグレが仕事の転勤でクロと近々アメリカから日本に引っ越しをする話とか、色々と聞き逃(のが)せない重要な話を聞かされたが。

受けた衝撃が余りにも大きすぎて、内容が全く頭の中に入ってこない。

結局最後まで自分は、このゲームが秘(ひ)めている恐ろしい事実を伝える事ができなかった。

第三章◆精霊の森

VRヘッドギアを外すと、見慣れた自室の天井を見上げる。

視線の先に広がっているのは、変わる事のない白いクロス張りの天井。

慣れ親しんだベッドの上で、自室に戻ってきた事に少しだけ安心感を覚える。

しかし全身から汗が吹き出していて、肌にピッタリはりつく服の感触が気持ち悪い。

ドクンドクンと、大きく脈動する心臓の鼓動。

乱れた呼吸を整えるため、深呼吸を何度か繰り返す。

しばらくして落ち着いたら、オレは天井を見つめながら小さな声で呟いた。

「はぁ、ウソだろ……」

ゲームの影響で、リアル性転換した自分だけが気づいてしまった、ゲームがプレイヤーに及ぼすかも知れない、一つのとんでもない仮説。

それはゲームに存在する『天命残数』という正体不明のシステム。

普通のプレイヤーからしてみたら、シグレみたいに〈アストラル・オンライン〉でプレイしている自分のキャラをロストするまでの、只のカウントにしか見えないだろう。

だけどこれが、本当にオレ達に与えられた残機ならば、数字が【0】になった瞬間にそのプレイヤーは現実でも死亡する。

　でもそんな事は、常識的に考えるなら絶対に有り得ない事だった。

　都市伝説で似たような話なら、昔のオンラインゲームではよく散見された。

　――ゲームのプレイをしていて、未明の四時になると幽霊がログインしてくる。

　――不幸のメッセージを、他のプレイヤーに送らないと異世界に連れて行かれる。

　それらは全て、信憑性のないデタラメだった。

　今回のこれも、いつもの自分なら馬鹿げていると一蹴するレベルの話だ。

　でも今はゲームで受けた呪いによって、現実の身体は男子高校生から銀髪の少女に変化している。馬鹿げてる話が現実になる事を、自分自身が証明しているのだ。

　オレはスマートフォンを操作して、アストラル・オンラインのサイトにIDとパスワードを入力してログインする。表示されるのは現段階での自分の詳細データ。

『PN』ソラ『天命残数』99

　今日は、魔王に一回殺された。つまりゲーム内で後99回ほど死亡したら、この現実の世界にいる自分も死ぬ事になる。

この残りの残機が、多いのか少ないのか現状では答えられない。敵が強ければ死ぬし、敵が弱かったら一回も減らない可能性もあるから。

結局のところ、今後出現するモンスター次第だった。

「いやはや、まいったな……」

やはりこの件は、知り合いに伝えて全プレイヤーに公表するべきだろう。

少なくとも、オレが男である事を知っている人間が性転換したという事実を知れば、この嘘みたいな話にも耳を貸してくれると思う。

だけど『天命残数＝現実の死』がまだ確定していないのも一つの事実だった。

なんせゲームがリリースされて、まだ一週間しか経っていない。

流石に100もある残機を、現時点で0にするようなプレイヤーはいない。

更に〈アストラル・オンライン〉に関する情報を検索しても、SNS上では現実化している話は一つたりともヒットしない。ただの残機の可能性だってあるのだ。

そう考えると下手に公表して、みんなを混乱に陥れるのは得策ではないと言える。

「まったく、なんでこんな非科学的な事が……」

天井を眺めながら、消えそうな声で自問自答をした。

今まで色々なゲームを経験してきたけど、プレイヤーに影響を与えてくるゲームなんて聞いたことがない。

ゲームはただのプログラムだ。現実に影響を及ぼす事なんて出来ないし、そもそもこの世界には小説や漫画のような超常的な力は存在しない。だからこそ、人々は仮想世界という偽りの現実を作り出して、自身の欲求を満たしているのだ。

「……オレは、どうしたもんかな」

魔王を倒さなければ、女から男に戻る事はできない。だが戦いに身を投じて万が一〈天命残数〉が0になれば、現実世界の自分が死ぬ事になるかもしれない。

しかもゲームは始まったばかり。これから魔王シャイターンに至るまでに一体、何ヶ月、何年ぐらい掛かるのか想像すら出来ない状況だった。

安全策を取るのならばゲームのプレイを止めて、他のプレイヤー達を犠牲に魔王が倒されるまで女の身体で過ごすのがベターである。

これが詩織や親友達の身に起きた事なら、自分は迷わずにソレを推奨するだろう。

ゲームなんかで、大切な人達に命を落としては欲しくないから。

——ならば自分は、どうするのか？

そんな事は考えるまでもなく、呪いを受けた時から決まっていた。

「オレは〈アストラル・オンライン〉を最後まで続ける。絶対に逃げたりはしない」

胸に刻んでいるのは、刃を交えた魔王との約束。

ヤツは待っていると言って、自分は必ずリベンジをする事を誓った。

「……これで逃げ出したりなんかしたら、ゲーマーの恥だよ」

それにオレは数多の神ゲーとクソゲーを全て制覇してきた。

クリアできなかったゲームは、一部のムリゲーを除いて存在しない。

可能性が１パーセントでもあるのなら、どんなゲームだろうと諦めずに限界を超えても、オレは挑戦し続けてきた。

だからこそ分かるのだ、アレの難易度はクリア不可能——ムリゲーではないと。

この考えを、普通の人は狂ってると言うだろう。

だが狂っててけっこうだと、自分は真っ向から肯定する。

自分の目には、このクソゲーが提供する戦場を生き残り、約束を果たした上で美少女魔王シャイターンを倒して男に戻る。その結末しか見えていないのだから。

「さて、目標は再認識した。となれば後はそれを達成するために何が必要なのかだ」

ＲＰＧで強くなる基本的な定石は、レベル上げと強い装備を揃える事だ。

その為にも先ずは、情報を集めなければいけない。

手っ取り早くＳＮＳを覗こうとしたら、不意にお腹の虫が鳴り出す。

そういえば、時間的には夕ご飯の時間だった。

スマートフォンを手に、オレは一階に降りる事にした。

①

一階に降りると、ログアウトした詩織から汗まみれである事を指摘されて、夕飯前に強制的に風呂に入ることになった。

でも思春期の真っ只中である自分が、少女となった身体を洗うのは非常に道徳的に不味いとの事で、妹は一つの提案をしてきた。

「良い？　これからは毎日私がお風呂に入れてあげるから、お兄ちゃんは目隠しをして何も見ないで大人しく子犬の様に私に洗われてね」

「それはそれで、人として大切な何かを失っている気がしないか妹殿よ？」

「うるさい！　それともお兄ちゃんは一人で自分の身体を洗うことができるの？　わたしが言うとおりにキチンと手入れできるの？」

「……はい、すみません。妹殿に全ておまかせします」

冷静に考えた末に負けを認めたオレは、目隠しをして数年ぶりに実の妹と一緒にお風呂に入るという何だか良く分からない事になっていた。

最後に入ったのは確か、詩織が小学三年生くらいだった気がする。

四年生になると、自然と一緒に入らなくなったので、実に五年ぶりになる。

衣服を脱ぐ作業は自分でやったけど、目隠しをしているせいか感覚が自然と聴覚に集中して、隣で妹が服を脱ぐ音の一つ一つを拾ってしまい実に落ち着かない。

身体を小さくして、ソワソワしていると、手を引かれて脱衣所から浴室に入る。

最初にシャワーで全身を軽く洗われて、それから詩織に誘導されて浴槽に浸かった。

しばらくして温まってから出ると、詩織に手を引かれて洗い場に向かいそこから先は、——いきなり記憶が無くなり、気が付けば脱衣所にいた。

辛うじて思い出せるのは、詩織が足を滑らせた後にとっさに助けようと手を出したら、

「お、お兄ちゃん！　思い出したらもう一回記憶が飛ぶわよ！」

「ア、ハイ……」

手渡されたタオルを手に取り、オレは濡れた身体を拭いた。

それから一つ一つ、どこに着るものなのか説明を受けながら衣服を身に纏う。

「……って妹殿よ、ボクサーパンツを持ってきて貰ったのは嬉しいのだが、上に着るこれは何でございます？」

「え、何ってどう見てもスポーツブラよ」

「ブラ……着ないとダメ？」

「着ないとダメに決まってるでしょうが。なんて言ったってお兄ちゃんは美乳なんだから、それくらいはしておかないと！」

「ア、ハイ……」

衝撃的な事を言われ、思わず反射的に従った。

……お兄ちゃんは美乳って、面と向かって言われると物凄いパワーワードだ。

果たして生涯で、男性が女性から面と向かってこんな事を言われる事があるのか。

疑問に思いながら、許可をもらった後に目隠しを外す。鏡の中には風呂に入ってスッキリした白銀の少女——自分がいた。

改めて見ると、どこからどう見ても北欧系の美少女である。

こんなのが街中に出現したら、絶対に周囲から注目されるだろう。

半袖と短パンのルームウェアを身に纏う自分の姿に見惚れてしまい、くるっと何となく一回転してみると、サラサラの銀髪が宙を舞って実に美しかった。

「うーむ、オレって美少女すぎないか？」

「はいはい、それは嫌ってほど知ってるから夕飯食べようね」

呆れ顔の詩織に背中を押されて洗面所から出ると、そのまま料理が並べられているダイニングテーブル前にある椅子に腰掛けた。

本日の夕飯は彼女が事前に仕込んでいた、ビーフシチューとフランスパンとレタスのサラダ。猫のシロは、テーブルの下に置いてあるドライフードを一生懸命に食べていた。

色々あってお腹が空いていた自分は椅子に座ると、シロと同じようにあっという間に完食する。空になった食器を片付けてからリビングで一息つくと。

そこで本日の、第二回目の兄妹会議が始まった。

「時雨姉から事情は全部聞いたんだけど、お兄ちゃん大暴れだったたね」

「おのれ師匠、全て喋りおったな……」

リビングのソファーの上で、オレは正座をさせられる。

その前にいる詩織は、同じ正座をして呆れた顔をしていた。

「今日の決闘で、お兄ちゃんが見せた赤と青の光が普通の〈ストレングス〉と〈アクセラレータ〉じゃないって、ネットの人達が騒然としちゃってるよ？」

「ア、ハイ……」

「しかもスキルレベルを、5まで上げたモノじゃないかって大騒ぎね」

詩織がスマートフォンで開いたSNSには、プレイヤー達によるコメントが記載されているのだが、その中でもスキル解析班は中々に凄かった。

身体に纏った赤と青の光の粒子の強さから『レベル5にすることで進化する〈ハイストレングス〉と〈ハイアクセラレータ〉なのではないか？』と看破されてしまい。最後にバックアタックを防御したのも、未だ報告のない感知系スキルの可能性があると考察されていた。

オレの使ったスキルを、全て看破するとはやるじゃないか！

つい面白くて眺めていたら、白銀少女と戦ってみたいとか白銀少女とフレンドになりたいというコメントが数多く散見された。

中には当然ながら白銀の少女を快く思っていない者もいて、そういった人たちは白銀の少女をチーター扱いして周りから『チーター達が敗北宣言したゲームでチートできたら逆に凄いわ』という謎のツッコミを入れられていた。

「むう、お兄ちゃんが何をしても自由なんだけど、あんまり心配させないでね」

目の前にいる詩織は、不安そうな声で呟いた。

どうやらオレが目立つことで、トラブルに巻き込まれることを危惧しているらしい。

少しだけ反省して、真剣な顔をすると愛しい妹にコレだけは伝えねばと口を開いた。

「言いたいことは分かった。それならオレからも、詩織に一つだけ言いたいことがあるんだ」

「……なに？」

「いきなりで悪いんだけど、――このゲームをプレイするのを止めてくれないか」

突然のお願いに、詩織は眉をひそめ険しい表情になった。

「もしかして、時雨姉が言ってた天命残数が0になるとアバターをロストすること？」

「ああ、杞憂なら良いんだけどな。これが万が一オレの身体に起きた事と同じように現実になるのなら、残数が尽きたプレイヤーは現実で死ぬことになると思う……たぶん」

「お兄ちゃんは……？」

「……悪いけど、オレは続けるよ。何も知らないでゲームをプレイしているシンとロウ、それとクロやキリエさん、師匠を放っておくことはできないから」

妹には逃げるように言っておきながら、自分は続行する。

身勝手な考えであることは、十分に理解している。

でも今後の展開で〈天命残数〉が一度に無くなるような事があったら、オレは……。

「それなら、私も戦う！　シグレ姉に鍛えられたのはお兄ちゃんだけじゃない、私だって、世界最強のプロゲーマーの弟子だもん！」

「詩織、おまえ……」

覚悟を決めた妹に、なんて言ったら良いのか分からなくて言葉に詰まった。

こうなった彼女は、絶対に自身の考えを曲げたりしない。兄だからこそ、妹の事は世界中にいる誰よりも知っている。

数秒間だけ、真剣な目をする詩織と見つめ合うと、オレは大きな溜息を吐いた。

同じくらいの身長になった、彼女の身体を正面から優しく抱き締め、仕方のない奴だなと心の底から苦笑いをした。

「無理だけはするなよ、ヤバいと思ったら逃げてくれ」

「うん、お兄ちゃんも無理しないでね」

お互いに大切な存在であることを認識しながら、オレ達は少しの間そのままでいる。

すると不意に手にしていたスマートフォンが、同時に着信音を鳴らした。

兄妹の絆を確かめ合っている時に、なんて無粋な着信なんだ。

少しばかり怒りを覚えながら液晶画面を見てみると、そこには『第一回イベントのお知らせ』と、〈アストラル・オンライン〉の運営からの通知が来ていた。

タイトルは――『妖精国の危機』。

開催日は今日から、開催場所は妖精国〈ティターニア〉で内容は討伐系のイベントだ。

更に着信音が鳴り響くと、スマートフォンを手に詩織はこう言った。

「……あ、クラメンの皆から、イベント会議したいから集まらないかって連絡が来たわ」

「そういえば、詩織は上位のクラン所属だったな」

「うん、お兄ちゃんも注目されて、大変だと思うけど頑張ってね」

こうしてオレ達は、各々の目的を抱え〈アストラル・オンライン〉にログインする為に、急いで自室に向かうことにした。

②

ゲームにログインした後、自分は一人でユグドラシル王国から十キロほど離れた〈精霊の森〉の前まで一気に徒歩で踏破した。

「……ふう、やっと〈ジェントル草原〉を抜けたか」

流石に蓄積された疲労値とか精神的な疲労を回復する為に、一先ず手ごろな大石に腰を下ろして小休憩する。

ゲーム内の時間は東アジアに準拠してるらしく、太陽は沈んで周囲は真っ暗だった。

夜間はモンスター達も活動がアクティブになるので、ここに至るまでに溶解液を散弾のように撃ってくるスライム達を、全て無視して逃げるのは中々に骨が折れた。

「くそう、まさか馬車が全部出発しているなんて……」

みんな考える事は、同じだったらしい。

ログインしてすぐに馬車を借りようと思っていたのだが、なんとイベントの告知を見た他のプレイヤー達が全てレンタルして、厩舎には既に一頭もいない有様だった。

仕方ないので徒歩で向かうことにしたのだが、全力の疾走は現在のＨＰではせいぜい十分程度が限界らしい。速度強化の〈ハイアクセラレータ〉と跳躍力強化の〈シュプルング〉を併用することで距離を伸ばし、三十分程でなんとか此処まで来た。

「確か普通の徒歩で五時間らしいから、後二時間くらいかければ着くかな？」

付与スキルで短縮しても長い道のりだと思い、小さなため息が出てしまう。

ちなみにシンとロウに声を掛けたら、二人とも今日一日だけは〈決闘〉で特訓をするから、明日以降に参加する予定との事だった。

一人で徒歩移動は嫌だから来いなんて言ったら、心まで女の子になったのかと言われそうなので、仕方なく単独でユグドラシル王国を出る事になったのだが。

「いやー、これはホラーゲームなら、確実に襲われるシチュエーションですな」

目の前にある、広大な森に作られた一つしかない道に、そんな感想が口から出た。

これは遥か昔に精霊達によって、冒険者達が通行することを許可された〈誓約の道〉と呼ばれる公道だ。

ここを真っすぐに進む事で〈フェアリー草原〉に出て、その次にある妖精の森を抜けることで、ようやく妖精国〈ティターニア〉が見えてくる。

改めて〈誓約の道〉を観察すると、左右はびっしり大木が壁のように並んでいて、通行人が立ち入る事を拒絶しているように見える。

夜中だとその存在感はより際立ち、日中はたくさんのプレイヤーを遠目で見かけたが今は一人もいない。

とりあえず足を踏み入れる前にオレは、目の前にある道を洞察スキルで確認した。

〈誓約の道〉——遥か昔に精霊と人間が不可侵の約束を交わす事で通行を許された地。

道を外れた者は問答無用で元の場所に戻され、規定回数を超えるとペナルティとして自身よりレベルが二倍のモンスターに襲われるので、要注意と記載されていた。

「レベルが二倍のモンスターって、普通にヤバいペナルティだな……」

今の自分でも戦ったら、軽く一撃で殺されるんじゃないか。

警戒しながら、オレは〈誓約の道〉に向かって足を踏み出した。

③

——だが、それから十分間程走っていても、モンスターとは一度も出会わなかった。

事前のリサーチでは、夜中はレベル20の〈トレント〉に襲われる事が書いてあったのだが、今のところ歩く樹木どころかスライムの一体も見かけない。

ここまでエンカウントしないのは、逆に不自然だ。

自分の中の警戒レベルを上げて、何が来ても対応できるように感知スキルを広げる。

すると不意に、どこからか少女の悲鳴みたいな声が聞こえた。

「……今のは」

この先で他のプレイヤーが、モンスターに襲われているのか。

頭の中に真っ先に思い浮かべたのは、〈天命残数〉が無くなると現実の死が訪れるかもしれない事。もしも、この襲われているプレイヤーの残数が残り1だったら、ここで死ぬことは現実での死を意味する。

だけど他人の冒険を、横から助ける必要もなければ義務も自分には無い。戦う覚悟を持つからこそ、プレイヤーは安全圏の外に出るのだから。

「でも女の子を見捨てるのは、後味が悪いんだよな……」

というわけで、少しだけ悩んだ末に選んだのは——今後も気持ちよくゲームをプレイする為に、この声の主である女の子を助ける事だった。

この場に妹がいたら、きっと呆れた顔をして「このバカ兄、また女の子助けてる……」と苦言を呈されていただろう。

オレは苦笑すると、声がする方角に向かって駆け出した。

ここは一本道、真っすぐ走れば声の主はすぐに見つかるだろう。

助けたら直ぐに去ろう、そう思っていたのだが、

「……え、いないぞ」

足を止めて、怪訝な顔になる。

不思議な事に、声が一番聞こえる場所には女の子もモンスターもいなかった。

そして悲鳴は場所を移動し——正道から外れた森の中から聞こえる。

プレイヤーは制約の道から外れたら、強制的に元の道に戻されるはずだ。

ということは、此処で考えられるのは二つのパターンとなった。

一つ目は何らかのイベントである事、そして二つ目はモンスターに襲われたプレイヤーが偶然にも、森の中に逃げ込めた展開だ。

「まぁ、どちらにせよ、行ってみたら分かる事か」

入れと言わんばかりに、正面の木々達が身体を曲げて入り口を作っている。

オレはプレイヤーじゃなければ良いなと願いながら、臆(おく)せずに木々の隙間(すきま)を小柄(こがら)な身体で抜けて、枝を傷つけないように森の中に踏み込んだ。

そうしたら、バシーンと元の道には帰さないと言わんばかりに入口が封鎖(ふうさ)されて、いきなり退路を失った。

「良いね上等だよ、このままお望みどおり進んでやる」

真っ暗な森の中を、聞こえる悲鳴だけを頼りに木々の間を抜けながら、躓(つまず)かないように注意して突(つ)き進(すす)み——ようやく出た先は、広い空間だった。

そこには計五体の人とハエを合成したような、全身に甲殻(こうかく)を纏った初見のモンスターが月明かりを受けて、不気味に輝(かがや)く長剣(ちょうけん)や槍(やり)を手に立っていた。

即座(そくざ)に〈洞察〉スキルが発動して、敵の情報を主であるオレに提供してくれる。

モンスターネーム、〈バアルソルジャー〉。

暴食の眷属(けんぞく)でレベルは25、属性は土で弱点属性は風となっている。

昆虫(こんちゅう)の人型兵士の向こう側には、月明かりに照らされた翡翠(ひすい)色の髪(かみ)の少女が怯(おび)えて縮こまっていた。

防具は一切(いっさい)着ておらず、身に纏っているのは黒いローブと緑色のワンピースのみ。

どう見ても防御力に乏しい。アレでは敵の攻撃を受けた時点でライフは0になるだろう。

助けないと、そう思うより先に自分の身体は反射的に動いた。

今日一日で使い慣れた〈ハイストレングス〉と〈ハイアクセラレータ〉と、更に敵が土属性という事で風属性を自分に付与する。

白銀の剣を抜いて突進スキル〈ソニック・ソード〉を使用、こちらにまだ気づいていない奴を背後から奇襲して、硬い胴体を両断した。

強化した一撃は弱点属性を付与したことにより、ハエの兵士は一撃でHPがゼロになって光の粒子となる。——後は簡単な作業だ。

最初の一体を瞬殺した後に、少女のライフを0にせんとロングソードを振り下ろす二体目を、オレは水平二連撃のスキル〈デュアルネイル〉で横薙ぎに切り裂く。

更に高速回転すると、急に現れた邪魔者である自分に刃を振り下ろそうとするもう一体を見据え、切られるよりも速く刃を横に一閃して葬った。

残された他の二体は、急な展開について来れず棒立ちしていた。

だけど直ぐに気を取り直すと、聞き取ることのできない雄叫びを上げて、ターゲットである少女を道連れにしようと一体が槍を手に突撃してきた。

「オレを無視するとは、良い度胸じゃないか！」

その敵の突進に合わせて〈ソニック・ソード〉を発動し、地面を蹴った勢いで横から割り込み〈バアルソルジャー〉の身体を左逆袈裟切りにする。

四体目が光の粒子になると、残った最後の一体は背を向けて逃げ出した。

オレは剣を鞘に収めて、足元に転がってる〈バアルソルジャー〉の片手用直剣を拾い、強撃スキル〈ストライク・ソード〉を発動した。

青いスキルエフェクトを宿した剣を振りかぶり、全力で前方に投擲する。

投げ放たれた光剣は、真っすぐ敵の後頭部に突き刺さり光の粒子に変えた。

これで敵の反応は、全て無くなった。

索敵できる限界範囲の二十メートル以内に、潜んでいる敵がいないか探してみるが〈感知〉スキルには全く反応はない。

レベル25を五体倒したことで、オレのレベルは一つ上がって23になった。

安全を確認すると、木に背中を預けて祈るような姿勢のまま震えている、可愛らしいＮＰＣの青いネームカラーを頭上に表示させる少女に視線を向ける。

よく見ると耳が長い、まさかファンタジーの定番の種族エルフ様？

年齢は声から推測していた通り、自分と同年代くらい。

翡翠色の膝まで長い髪は月明かりの中で輝き、金色の眼と実に綺麗な顔立ちをしている。

服は緑のワンピースに、茶色のローブを羽織っていた。

取りあえず相手は、何かのイベントＮＰＣだ。ここは紳士的に行こう。

「敵は全て倒しました。お怪我はありませんか、お嬢さん」

「……あ、貴女様は」

「オレは冒険者のソラ、悲鳴が聞こえたので助けに来ました」

自己紹介が済むと、少女は何故か呆然とした顔で自分を見上げる。

一体どうしたのだろうかと首を傾げたら、彼女は宝石のようなつぶらな碧眼を見開いて、
消えそうなほどに小さな声で呟いた。

「その輝く銀髪は、もしかしてルシフェル様ですか？」

「…………え？」

何でユニークスキルの名前を、キミが知ってるんだ。

思わず固まると、少女は急にガバッと立ち上がり、歓喜に震えながらオレの両手を握った。

「復活される予言は、本当だったのですね！」

「え、えーと。感動してるところ悪いんだけど、オレはルシフェルじゃなくて冒険者で、元の性別は男でソラって名前なんだ」

「冒険者、ソラ様……元の性別が転換なされたということは、予言に記された『反転』の

証……つまりはルシフェル様の力を受け継がれたお方ッ⁉」

「一応、そういうことになるのかな」

少女の勢いに圧されて、つい口調が元に戻ってしまう。

一方で彼女はハッと急に冷静になると、慌てて手を離して一歩後ろに下がり貴族の令嬢の様にスカートの両端をつまみ上げ、礼儀正しくお辞儀をした。

「ルシ——ソラ様、挨拶が遅れて申し訳ございません。わたくしはアリア・エアリアル、この精霊の森より遠い地にある風精霊の国エアリアルの王女です。予言に従い制約の地で貴女様を待つ予定でしたが、このような形になってしまい申し訳ございません」

「風精霊の王女様？」

こんな場所に何で、精霊のお姫様がいるんだよ。

疑問に思うと、彼女は挨拶の姿勢をやめて縋るような顔をした。

「ソラ様、お願いがございます。わたくしと共に、〈エアリアル〉に来て欲しいのです」

彼女の言葉に応じて、目の前にウィンドウ画面が開かれ、一つのクエストが表示される。

そこにはユニークシナリオ『四星の指輪物語』。

風の章～第一クエスト『精霊王の願い』と記載されていた。

④

ユニークシナリオってなんだ？

聞いた事が無かったので、ヘルプ画面を開いて確認してみる。

そこには『特殊な条件を達成する事で発生する物語』と記載されていた。

（ふむ、スペシャルクエストとは違うんだな）

この状況で考えられるのは、やはりユニークスキルの存在が条件なんだろう。

次に自分は、目の前に表示されている内容に目を通した。

シナリオに参加できるのは最大で六人、ちょうどフルパーティーの人数だ。

メンバーの追加と除名の権限は、最初にクエストを発生させたプレイヤー、この場合は自分にしかない。クリアした際の報酬を受け取るには、ちゃんと参加して現地にいないといけない事が記載されていた。

これは恐らく、参加だけして報酬を楽に入手させないための仕様だと思われる。

以上が、ユニークシナリオの仕様だ。

（拒否したら、その時点でオレは開始権を失う事になるのか……）

今はイベントに向かっている道中。

しかし、プレイヤー全員が無条件で参加できる祭りと、限られた人数でしか遊ぶことができない特別なイベントなら、間違いなく後者の方が面白そうである。

それに、こういったイベントには、必ず特殊なアイテムが存在する。

限定とか名の付くアイテムに、心惹かれないゲーマーは断じてこの世には存在しないと、オレは声を大にして提唱したい。

【プレイヤー、ソラ。クエストを始めますか？】

ウィンドウ画面に表示された【ＹＥＳ／ＮＯ】という問い掛けに向き直り、迷うことなく即決でＹＥＳをタッチすると、そこでクエストの受注は完了した。

ゲーマーなら、面白そうな方を選ぶに決まってる！

妹がいたら呆れた顔をされそうな事を考えながら握り拳を作って燃えていると、アリアがニコニコしながら、こちらの様子を楽しそうに眺めている事に気がついた。

「な、何かオレの顔についてる？」

「いえ、表情がコロコロと変わって、とても楽しいお方だと思いまして」

どうやら、思いっきり顔に出ていたらしい。

オレはゴホン、と一つ咳をして恥ずかしい気持ちを誤魔化し、話を強引に変えた。

「えーっと、全く話を聞かないで引き受けたけど、どうして〈エアリアル〉に向かうんだ？」

「説明をしますと、実は今この精霊の森では異変が起きています。それを解決する為には、復活されると予言されていた、ルシフェル様のお力が必要なんです」

「……なるほど、事情は分かったけど、なんで一国のお姫様が護衛も付けずに一人で？」

不用心にも程がある、と言うと彼女も困ったような顔をした。

「わたくしが一人で迎えに行かないと、ソラ様に会えないと予言に記されていました。ですから姿を隠す事のできる、王家のローブを着てきたのですが、モンスターが近くにいる時にうっかり枝を踏んでしまいまして……」

「あー、なるほどね」

先ほど襲われていたのは、そういう理由があったのか。

スキルで見たところ、ローブは動いても隠蔽率を百パーセント維持できるらしい。

唯一の弱点が音までカバーできない事で、近くにモンスターがいる時に大きな音を立てると、効果が無くなると記載されている。

実に素晴らしい、レアアイテムだ。

隠密活動をする上で音以外に弱点が無いとか、自分も一つ欲しいと心の中で思っていると、いきなり目の前に——一件の通知が表示された。

宛先の名前は、クロだった。

それを見たオレは、慌ててメッセージの受信ボックスを開き、内容に目を通した。

『フレンド申請、ありがとうございましゅ』

メッセージを読んだオレは、危うく精神ダメージを受けるかと思った。

この明らかにメッセージを打ち慣れていない感じとか、最後の『す』を『しゅ』と打ち間違えているところが、この上なく可愛らしい。

これは永久保存しなければ。そう考えていると、ふと隣で嬉しそうにニコニコしているお姫様の存在を思い出し、一つだけ質問をする事にした。

「アリア、〈エアリアル〉って、どこにあるんだ？」

「ここから森を南東の方角に向かって、半日ほど歩いたところですね」

「半日、そんな遠い場所にあるのか……」

という事は今仲間を増やさなければ、何か起きた時には一人で対応をしないといけなくなる。いくら付与魔術が強いと言っても、一人ではやれる事に限界があるので、流石にそれだけは避けたい事だと思った。

「アリア、今から仲間を増やしても良いかな」

「もちろん大丈夫です。ただ、森の中に入るにはソラ様みたいに〈ユグドラシルの加護〉が施された服を着ていないと、木々達に阻まれますが」

何それって顔をしたら、アリアはオレの着ている始まりの衣服上下セットの長袖のシャツとズボンを軽く指さした。

「〈ユグドラシルの加護〉……」

「……まさか、これが必要？」

「はい、最初に冒険者様に与えられる服は世界樹の加護が与えられていて、一度だけなら精霊の森に入れると以前お母様に教えて頂きました」

「ウソだろ……ッ」

聞き捨てならない台詞を聞いて、装備のプロパティを見た。

そこにはユグドラシルの加護を受けた衣服である事と、高値で買い取って貰える事が載っている。

そして最後には、注意文で『非　売　品』の三文字があった。

初期装備という事もあり、ステータスは最低値。

特殊な効果のあるアイテムではない事に加えて、高値で売れるのはどう考えても効率重視のゲーマーなら即売り安定である。

……というか、初期装備が必要になるゲームなんて稀有過ぎて誰も警戒しない。今装備しているドロップ品のコートが無ければ、自分も売っていただろう。

オレは一週間もプレイしているクロが持ってたら奇跡だな、と思いながら初期の服を持っているか確認する為、メッセージを仮想キーボードで打ち込んだ。

祈りながら送信すると、少しだけ待って彼女からの返事が来る。

恐る恐る開くと、メッセージの内容に目を通した。

『シグレお姉ちゃんからは売るように言われたけど、記念品として大切に持ってるよ』

——ああ、神様はオレを見放さなかった。いや、クロは女の子だから女神様か。

どうでも良い訂正を頭の中でしながらも、素早く『今からソレを装備して誓約の道に今から来られないか？』とメッセージを打ち、クロに送信する。

ドキドキしながら待っていると、彼女はオレのお願いに返事をして来た。

『シグレお姉ちゃんから許可もらったから、今から遊びに行くね』

⑤

あれから来た道を引き返し、〈誓約の道〉まで戻った。

その間に親友達と妹に、初期の服は持っているか確認をしてみたのだが、残念ながら強力な仲間達は既に装備を売り払って手元には残っていなかった。

　あと二人は欲しかったけど、クロが加わってくれるだけでも御の字か。

　オレは少し離れた場所にアリアを待機させて、一人で精霊の森の入り口で一人の少女を待っている。

　時間にすると、メッセージのやり取りから既に三十分が経過した。

　誰も通る気配のない道でぼんやりしていると、遠くから黒いドレスではなく初期の衣装に替えた長い黒髪の少女が、自分の姿を探しながら歩いて来るのが見えた。

「ソラ、こんなところにいた！」

　彼女はオレの姿を見つけ、笑顔を浮かべて駆け出す。それに両手を広げて、しっかり正面から受け止めてあげると、先ずは感謝の言葉を伝えた。

「来てくれてありがとう、助かるよ」

「うん！　シグレお姉ちゃんが、イベントよりもソラと遊んで来なさいって」

「そっか。後で師匠に、お礼のメッセージを送らないといけないな」

　ハグを止めて、オレは隣に並んだ彼女の手を繋ぎ、そのまま森に足を踏み入れる。

　すると、ハッと驚いた顔をしたクロが、慌てて足を止めた。

「だ、ダメ！　ここから先は、精霊達の誓約で何度入っても追い出されるの！」

「うーん、果たしてそうかな？」

「ソラ、それってどういう――ひゃ!?」

力いっぱい、繋いでいるクロの手を引っ張ると、森の中に思いっきり踏み込んだ。

彼女は軽い悲鳴を上げて、手を繋いだまま一緒に森の中に入った。

すると背後で、木々達が来た道を封鎖する。その光景を目の当たりにしたクロは、信じられないと言わんばかりに、目を大きく見開いていた。

「え、え……どういうこと？　最初に試した時は動けなくなって、丸太みたいなのが飛んできて叩き出されたのに……」

「なにそれ、すごく面白そうなんだけど」

服が無いと、スタンさせて丸太が飛んでくるのか。

中々にユニークな仕掛けだな、と思いながらオレはクロに親指を立ててみせた。

「ふ、やってみないと、分からないもんだろ？」

「アスオンの攻略板にも、森に入る方法なんて載ってないよ」

「ふふふ、誰にもこの事を言わないって約束してくれるなら教えるよ」

「言ったらダメ？　攻略情報は共有するものって、シグレお姉ちゃんからは教わったんだけど」

「普通ならそうなんだけど、今回はダメなんだ」

オンラインゲームは、基本的にはリソースの奪い合いである。この未踏破マップに入る方法が分かれば、どうなるのかは火を見るよりも明らかだ。

それに彼女の話では、シグレは確実に最初の服を売っている。だから森に入るには、初心者から買わないといけなくなるだろう。

トップクランのリーダーが、初心者プレイヤーから初期装備なんて買った事が知れ渡ってしまえば、大多数のプレイヤーが何かあると気付く。

少しでもトラブルを避ける為には、今の段階では黙っていることが一番なのだ。

彼女はこういった、オンラインゲームの立ち回り方を知らないらしい。

黙っている事に、先程から浮かない顔をしていた。

「でもシグレお姉ちゃんに、隠し事はしないって約束した……」

「クロは素直だな、オレは師匠に隠し事いっぱいあるけど」

「そうなの？」

意外そうな顔をする彼女に、自分は得意げに頷いて見せた。

「ああ、むしろ世の中に隠し事のない人間なんていないんじゃないかな。オレだってクロに話してない事あるし、クロだってオレに話せない事があるだろ」

「……そうだね。うん、分かった」

納得してくれたクロは、笑顔で同意してくれた。

オレは安堵しながらも、兄弟子とはいえ友人になったばかりの言葉を素直に受け入れる彼女の性格に、少しだけ不安を抱いてしまう。

これは自分が側で、しっかり守ってあげなければ。

胸に一つの誓いを立てながら、メニュー画面を操作して彼女にパーティー申請をした。

「ちなみに森に入る方法なんだけど、それには世界樹の力が必要なんだ」

「世界樹って、ユグドラシルの事だよね。最初の服に、どんな関係が……」

「実は、この服には世界樹の加護があって、一回だけ森の中に入る事ができるんだよ」

「ウソ、そんなの見つけるなんて、ソラって凄いね！」

パーティー申請を受け入れて、クロは目を輝かせてオレを見つめる。

「まぁ、本当は偶然なんだけどね」

「偶然でも、誰も見つけられなかった事を見つけたソラは、とってもすごい人だよ」

キラキラした尊敬の眼差しをくすぐったく思いながら、オレは彼女と歩いて先程アリアを待機させた場所まで戻って来た。

周辺には姿は見当たらない、恐らく指示を守り隠れているのだろう。

「アリア、仲間を連れてきたぞ。姿を見せてくれ」

名前を呼ぶが、いくら待っても彼女からの返事はなかった。

ここで隠れているように言ったのだが、何だかとても嫌な予感がする……。

「……クロ、今装備している服を戻しても問題ないか試してもらっても良いか？」

「う、うん。わかった」

恐る恐る彼女は、初期の服を元の黒い鎧ドレスに戻す。

幸いなことに、結界を抜けたら大丈夫らしい。クロが強制的に外にはじき出されるという、最悪な事態にはならなかった。

その直後に胸に抱いていた嫌な予感は的中し、こことは違う場所からアリアだと思われる甲高い悲鳴が聞こえた。

「ソラ、誰か襲われてるっぽい！」

やっぱり、動きおったなあの小娘！

オレは剣を抜くと、クロと一緒に悲鳴がする方角に向かって駆け出した。

⑥

現場に到着したら、そこには興奮気味の巨大な狼のモンスター、レベル30の〈フォレストウルフ〉に組敷かれていたアリアがいた。

ダメージは未だ受けていないが、モンスターは今にも噛みつこうとしている。

これは不味いと、慌てて自分とクロは息を合わせた突進スキルで敵を切り飛ばし、先ずは彼女を救出する事に成功。

そこからオレの水平二連撃〈デュアルネイル〉と、クロの居合切り〈瞬断〉の同時攻撃によって〈フォレストウルフ〉は光の粒子となって散った。

助けられたアリアは、よほど怖かったのか涙目で自分に抱きついてきた。

「二度も危ないところを助けていただいて、ありがとうございます……」

普段なら、このシチュエーションでお姫様のアリアに抱きつかれ、胸が押し付けられる事に顔を真っ赤にし、胸がドキドキしていた事だろう。

だが約束を破ってピンチに陥った事に、呆れてしまい溜息が出てしまった。

「まったく、待機してろって言ったのに。何でこんな離れた場所まで移動したんだ？」

今いる場所は、森の入り口となった地点から十メートル以上は離れている。

子供ならまだしも、責任ある立場のお姫様がやって良い事ではない。

「申し訳ございません。珍しくて綺麗な蝶々が飛んでいたので、ついふら〜と出てしまいまして、そしたら目の前に狼さんがいて……」

「まったく、ここは安全地帯じゃないんだぞ。不用心な行動で、自分の命を危険にさらすような行動は極力控えて欲しいかな」

「うう、すみません。今後は気をつけます……」

迂闊な行動を怒られたアリアは、しょんぼりと涙目で反省した。

やれやれ、最初からこの調子じゃ先が思いやられる。

という事は〈エアリアル〉に到着するまで、自分とクロはドジをして死にかける彼女を守りながら、森の中を進まないといけない事になるのだ。

これには思わず、お姫様の護衛クエストかよ、と少しだけ心の中でうんざりした。

敵を全滅させる任務は好きだけど、護衛対象が死なないように立ち回らないといけない任務は、どのゲームでも昔から大が付くほどに苦手だ。

何せ目の前にいる敵を、何も考えずに倒せば良いのと違って、護衛は常に敵から守りながらの戦いとなる。

フルダイブ型のゲームは神経の消耗が他のゲームより激しく、数時間も守りながら移動なんてしたら、確実に半日は寝込むことになるだろう。

まぁ、感知スキルがあるから、負担はだいぶ減らせるとは思うけど。

今後の事を考えて思考を巡らせていると、見事なお馬鹿ムーブを見せた彼女に、どこか緊張していたクロがくすりと笑い挨拶をした。

「……はじめまして、冒険者のクロです」

「クロ様ですね、わたくしはアリア・エアリアル。風精霊の王女です」

「アスオンのお姫様って初めて見たけど、すごく可愛くて面白い人なんだね」

「えへへ、ありがとうございます。クロ様も、とても美しいですよ」

どうやら二人とも、すんなり打ち解けたらしい。

互いに褒め合って小恥ずかしくなり、頬を赤く染める様をオレは微笑ましく思った。

「とりあえず、クロと合流できたから〈エアリアル〉に向かおう」

時間を見て、リアルが午前一時ぐらいである事を知った自分は、二人にそう提案した。

今から半日歩くとなると、国に到着するのは現実で朝ごろになってしまう。

アリアは小さく頷き、綺麗な笑みを浮かべた。

「はい、そうですね。先は長いので出発しましょう！」

⑦

暗い森の中の行進は、普通なら避けるべきである。

先頭を歩くアリアが手に持っている、携帯型アイテムのランタン『魔法灯』があると言っても、照らせる範囲はせいぜい五メートルがやっとだ。

視界は悪くて、樹木の根上りに足を取られやすい。何よりもどこで敵と遭遇するか分からない為、進みながら常に周囲を警戒しないといけなくなる。

この大きな問題を解決したのは、オレが所持している〈感知〉スキルだった。

最大範囲は二十メートル。そんな広範囲を常に見るのは、流石に疲れてしまうので、今回は半分の十メートルまで範囲を抑えている。

これによってモンスター――主に〈バアルソルジャー〉に発見される前に見つける事ができて、オマケに奇襲する選択肢も得られた。

しかし、これだけで安心する事は出来なかった。

何故なら予想していた通り、先頭を歩く姫様が色々とトラブルを起こしたからだ。

アリアは間違いなく、ドジっ子という属性を持っている。

その証拠に――

「ひゃあああああああああああああっ⁉」

足を滑らせた彼女は、スカートが枝に引っ掛かり、色々と大変な事になっていた。

「ソラ、見ちゃダメだよ！」

「はいはい。今更パンツごときで、興奮なんてしないけどね」

苦笑しながら、こんな調子が続く彼女を何度も助けて、時には巻き込まれたりする。そんな出来事を何度か乗り越えると、いつの間にか中間地点まで来ていた。

そこで王女様が取り出したのは、簡易的な安全地帯を作り出すことのできる回数制限付きの便利アイテム『テント』だった。

ワンタッチで、お手軽に組み上がったテントを前に、彼女は胸を張った。

「長旅は、きちんと休憩を挟まないといけません。ずっと活動していると疲労値が高くなって、いざという時に動けなくなりますから！」

「あー、忘れてたけど、そんなものがあったな」

「疲労値って隠しステータスで、目には見えないから忘れやすいんだけど。疲労値を溜め過ぎてステータス半減のペナルティを受けるのは、レベル上げを頑張ってるトッププレイヤー達の九割くらいの死因なんだよ」

「……なるほど、オレも気を付けないといけないいな」

トップクランの一員であるクロの話を聞いて、いかに疲労値が恐ろしいものなのかを知ったオレは、素直にテントで休む事にした。

二人に先に入ってもらい、最後にお邪魔すると左右の端っこは既に埋まっていた。仕方なく真ん中に寝転がると、メニュー画面を開いてログアウトする。

現実世界でトイレ休憩を済ませた後、眠気覚ましにエナジードリンクを一缶飲んで直ぐにログインした。——すると待っている間に、テントの中で寝落ちしていた少女達の間に出現するという、知っていたとしても回避ができない事故に見舞われた。

寝相の悪い彼女達に、色々と人様には言えないセンシティブなトラブルに見舞われながらも、何とか起こす事に成功した自分は疲れ切った顔をしていた。

「すごく疲れた顔してるけど、大丈夫？」

「ソラ様が必要ならば、わたくしが添い寝をしますよ？」

「ノープロブレム！　十分休んだから、今は先を急ごう！」

顔を真っ赤に染めたオレは、二人から逃げるように〈エアリアル〉を目指すのであった。

⑧

あれから数時間ほど歩き、国の近くまで歩いた頃には、何十体目かの〈バアルソルジャー〉をクロと息の合った奇襲からの連携で切り倒した。

そこで自分はレベルが【23】から【26】に、クロも【24】になった。

「ふええ、こんなに一気にレベルが上がったの初めてだよ……」

上がった自身のレベルを凝視して、クロが小刻みに震えながら驚きを隠せずにいる。

一方でオレはステータスにボーナスポイントを振り終え、次に獲得したジョブポイントを今回も保留にして、最後にウィンドウ画面を閉じた。

「最初に解説しただろ、称号の効果で獲得経験値が増えるって」

「い……今の最前線〈ティターニア〉で、一番効率が良い狩場でもこんなにレベル上げるには、一日中張り付いても無理だよ……」

「うーん、かなり深刻な渋滞が起きてるみたいだな」

今の狩場は人が沢山いて、だいぶリソースが苦しい状況らしい。

原因は単純で、現在の攻略組の進行が〈ティターニア〉で三日も止まっているからだ。

なんで止まっているのか説明すると、理由は全てのプレイヤーがゲームをスタートした時から共有している『ワールドクエスト』にある。

メニュー画面を開いて確認すると、一番上に受けたことがないクエストが表示されている。内容は討伐系とお使い系とかで、他が済になっている中で唯一ボスモンスターの討伐任務だけが、済になっていなかった。

タッチして確認できる詳細は、妖精の森の最奥で冒険者達を待つハエ型のユニークボス

モンスター〈クイーン・オブ・フライ〉を倒す事。

これを達成すると、次のマップ『溶岩地帯』に進む事ができる。

「ハエの女王は、近年まで森に封印されていた厄災の一つですね。言い伝えによると、その硬い甲殻は受ける物理ダメージを全て半減してしまうと聞きます」

アリアが話に割り込み、中々に凶悪なボスモンスターの能力について語ってくれた。

それを聞いたクロは、彼女の言葉に小さく頷いた。

「一度だけお試しで戦った時、シグレお姉ちゃんも同じこと口にしてた。だから次に挑む時は、魔術師をメインに編成するんだって」

「一回の交戦で女王の特殊能力に気づくなんて、クロ様の姉様は聡明なお方なんですね」

「うん。血は繋がってないけど、シグレお姉ちゃんはすごくて優しい人だよ」

アリアが目を輝かせて称賛すると、シグレの事を褒められた弟子であるクロは、まるで自分の事のように喜んだ。

上機嫌な彼女の様子を見たアリアは、口元をほころばせる。

「わたくしにも血は繋がっていませんけど、妹のように接してくださる方がいるんですよ。今は封印の地を監視する任務で、城を留守にしていますけど……」

「うんうん、どんな人なの？」

「優しくて、とても聡明なお方です。最年少で副団長に就任された程なんですよ」

「つまりアリアにとって、自慢のお姉さんなんだね！」

「優しいのは羨ましいな。オレは師匠に、人生で一度も優しくされた事ないぞ……」

「え？ でもシグレお姉ちゃん、ゲームの戦い方とかすごく丁寧に教えてくれたよ？」

クロの発言に、思わず自分の耳を疑ってしまった。

戦い方を丁寧に教えてくれた。

あの身体で覚えろと言っていた、実戦主義者が？

「……ウソだろ。オレの時はチュートリアル終わったばかりの初心者だったのに、初っ端から容赦なく殺しに来たんだけど」

「一度もそんな事されなかったよ？」

同じ弟子なのに、どうやら待遇に大きな差があるようだ。

苦々しい顔をすると、それを見ていたアリアがくすりと笑った。

そんな感じで雑談をしている内に、真っ暗だった空に明るさが戻りだす。

周囲が視認できるレベルになると、横を歩いていたアリアも片手に装備していた魔法のランタンをアイテムストレージに収納して身軽になった。

視認範囲が広がったタイミングで、オレも発動していた感知スキルをオフにした。

「ふう、動く物だけに設定しても、やっぱり常に知覚範囲を広げるのは疲れる……」

「道中の警戒ありがとうございます、少しだけ休憩しましょうか？」

「いや、これくらいなら問題ないよ。今は〈エアリアル〉に到着することを優先しよう」

視線を向けた先には、城の頭頂部らしきものが確認できる。

数時間にも及ぶ、長旅も後少しだ。周囲に漂っているフィトンチッドっぽいモノを含んだ空気を、胸いっぱいに吸い込んで気合を入れた。

「……良し、行こう」

幸いにも此処からは、モンスターとエンカウントする事は無かった。無事に森を抜けたオレ達は、広大な草原――〈ブリーズ草原〉の土を踏んだ。

ブリーズとは、たしか英語でそよ風という意味だったはず。

マップの所々には色鮮やかな花が群生しており、レベル1のスライムが呑気に跳ねているだけの、実にのどかで平和な風景が広がっている。

「うわぁ、手足伸ばして寝たくなるくらい、風が気持ちいいな……」

「まだ眠いなら、膝枕してあげようか？」

「それなら、わたくしはお礼として、ソラ様に子守唄を歌いましょう」

「……ッ」

脳裏に思い浮かんだのは、二人に挟まれたテントの出来事だった。

狭い空間に充満していた女の子の匂いと、抱き着かれた柔らかい感触は鮮明に記憶と身体に刻まれており、オレは顔を真っ赤に染めた。

「ご、ごめん。今回も遠慮しておくよ……」

「むう、わかった」

「そうですか、残念ですが次の機会にしましょう」

二人は残念そうに、正面にある精霊国〈エアリアル〉に向き直る。

その様子を見ていると、ふとクロの隣にいる少女がリアルプレイヤーではなく、ゲーム内にしかいないAIのキャラクターである事を思い出した。

王都にいる兵士を見た時も思ったが、このゲームやたらNPCの反応が人間っぽい。

今までプレイしてきたゲームでは殆どが無感情なものだったり、決められた反応しか返せないものばかりだった。

だから、このゲームのAIが表現する人間と全く同質の思考と細かい動作のクオリティには心の底から驚かされる。

基本的にはNPCは受け身で、プレイヤーに対して行動するケースは全くない。

しかし出会ってから数時間の間で、オレはアリアの事を見ていて正直NPCらしい動きだなと、思ったことは一度もなかった。

何故ならNPCは高度な天然ドジなんかできないし、ましてや人間と同じように寝て側にいるプレイヤーに、寝ぼけて頬ずりなんてしない。

ハッキリ言って、同じ現実にいる人間のようにしか見えないのだ。

その辺りも含めて、この最新作のフルダイブ型VRMMORPG〈アストラル・オンライン〉というゲームは普通ではない。

そんな事を考えていると、アリアはオレとクロの手を握ってきた。

「国を守護するエンシェントゴーレムは、登録されていないモノが近づくと無差別に襲います。ここからは、わたくしの手をしっかり握って下さい」

「わかった。ちなみに離したらどうなるんだ?」

「その時点で、敵とみなされて襲われる事になります」

「……う、うん。離さないように気を付けるね」

クロが了承すると、アリアは頷き、先導して歩みを始める。

彼女に付いて行きながら、話に出たゴーレムについて考えを巡らせる。

ゴーレムと言えば、最近のゲームでは倒すことで鉱石類をドロップするモンスターだ。

名前にエンシェントが付いている事から推測するに、恐らくスライムドラゴンと同様に、希少なアイテムをドロップする可能性が考えられる。

レアなアイテムか……。

少しだけソワソワすると、何か察したのかアリアが呆れた顔をした。

「ソラ様はとてもお強いですが、戦おうとは思わないでください。ゴーレムは国を守る守護者です。レベルは50なので、戦えばクロ様と二人掛かりでも負けますよ」

「ご、ごじゅう……」

「オマケに地属性の範囲攻撃が可能ですので、例えばバアルソルジャーが十体束になって突撃して来ても、ゴーレム一体で殲滅できる程度には強いです」

「なんだ、そのヤバすぎる兵器は……!?」

動きが鈍いのなら、機動力を最大限に活かした戦法でワンチャンあるかと思ったが、範囲攻撃があるのならどう考えても勝ち目はない。

更にレベルは恐るべき事に50だ。プレイヤーを基準に考えたとしても、ステータスは単純な計算で自分の二倍以上だと推測できる。

（うーん、正に国の守護者と呼べる存在だな）

ユニーククエストとはいえ、まだ序盤とも呼べるマップにいて良い存在ではないのではないかと、顔には出さず心の中で苦々しく思った。

それに冷静に考えて、死んだ場合に〈ユグドラシル王国〉に戻されたら心が折れる。

大人しく彼女に手を引かれて歩く事にすると、遠くに見えていた直径十メートル程度の大きな城壁と、頑丈そうな門が近づいて来た。

何となくゴーレムを探してみたが、それっぽいモノは全く見当たらない。

あるのは城門と草原だけで、スライム達も近づくとゴーレムの攻撃対象になると理解しているのか、この辺りには一体も近づいて来ようとしなかった。

城壁を観察していたオレは、〈洞察〉スキルで確認してみた。

――〈エアリアルの城壁〉。

アダマンタイトを混ぜた、特殊なレンガを積み重ねた堅牢な防壁。

耐久値は破壊不可能オブジェクトに近く、例えばスライムドラゴンのブレスが何発撃ち込まれたとしても、破壊される事はないらしい。

これに加えてレベル50のゴーレムも配備されているし、こんな無敵要塞に攻め入ったら返り討ちにされるのは間違いないだろう。

思わず身震いすると、アリアが固く閉ざされた門の前で足を止めた。

「アリアです。白銀の冒険者様を連れてきました、門をお開けください」

彼女の言葉に反応して、門に六芒星の魔術陣が浮かび上がる。

次にガチャリという音が聞こえたら、重たい木造の扉はゆっくりと動き出して、重々しい音を立てながら左右に観音開きを始めた。

扉の先に広がっていた光景に、クロが思わず感嘆の声を漏らす。

「わぁ、……きれいだね」

オレ達の前に姿を現したのは、鮮やかな花で飾られた美しい大きな国だった。

左右に立ち並ぶ建物は、全て森の材木を利用した二階建てのログハウス。近場には冒険者に必須の武器屋とか、道具屋を確認する事ができる。

道の左右にはズラリと一列に並び、来客を歓迎するように淡い光を放つ花『エレメンタルフラワー』が綺麗に咲いて風に揺れていた。

精霊の花で作られた大通りを真っすぐ進んだ先には、遠目からでも確認できる大きな洋風のお城〈エアリアル城〉がある。

思えば最初の王都ではお城は見ていないので、この世界で王族が住む建造物を直に見るのは初めてだった。

全体を見た感想としては、おとぎの国という言葉がぴったりの国だ。

住民たちは、王女のアリアと違い髪の色は輝くような金色。

みんな布地の多い、童話なんかで良く見られる民族衣装みたいなのを身に纏っている事から、より幻想的な性質が強く感じられる。

クロと一緒に周囲を見回していたら、鎧で武装した十代後半くらいの二人の女性の兵士が、アリアの側まで歩み寄り勢いよく深々と頭を下げた。

「姫様、お帰りなさいませ！」

「ご無事で何よりです、姫様。……そちらのお方が、まさか予言の」

王女の無事を喜ぶ兵士の視線が、同時にオレの方に向けられると、アリアは王女らしく凛とした顔をして頷いた。

「こちらのお方が、ルシフェル様のお力を引き継がれたソラ様。わたくしを二度も窮地から救って下さった恩人で、その隣にいらっしゃるのがお仲間のクロ様です」

「「おお、このお方が精霊の予言に記されし白銀の冒険者様ッ⁉」」

二人の兵は全く同時に、ひっくり返りそうな勢いで驚いた。

オーバーリアクション過ぎないかと思っていると、

「「久しぶりの冒険者の客人、国中に伝達してきます！」」

二人はそう言って、この場から勢いよく走り去った。

あっという間に、十字の交差点を左右に分かれて行った彼女達の姿を見送りながら、自分は少しだけ呆気に取られた。

「……ごほん、それでは気を取り直して行きましょう。お城ではお母様がソラ様を待っています。このまま、わたくしの後について来てください」

先に気を取り直したアリアが、この場を仕切って何事も無かったかのように歩き出す。

オレとクロは顔を見合わせ、彼女を追いかけた。

第四章◆蝿の大災厄

「……やっぱり、いないよね」

隣にいるクロが、不意に小さな声で呟く。

城に向かう道中で彼女は、何かを探すように街中を見回している。

その横顔は、どこか深刻な表情をしている。初めて訪れた精霊の国や街の様子が珍しくて、物見遊山しているような雰囲気ではなかった。

流石に気になったので、オレは先ほど立ち寄った屋台で購入した醤油っぽいタレで甘辛く焼かれたキノコの焼き串を、急いで食べきり彼女に聞いてみた。

「誰か捜してるのか？」

「……うん、人を捜してるの」

素直に目的を答えたクロは、どこか浮かない顔をしている。

喩えるなら、まるで迷子の女の子が、途方に暮れているようなニュアンスを感じた。

探し人は誰だろう。まさかとは思うが、両親とか？

そんな考えが頭の中を横切り、即座に首を横に振って否定する。

第一に、不在になっている両親がゲームをしている事なんて有り得ないし、万が一ゲームをしていたとしても、そんな事をしている暇があるなら娘に会いに来るはず。

相手が両親じゃないとしたら、自然と考えられるのは友人とかになる。だがそれは、この場所が抱えている性質的に、無理があった。

〈エアリアル〉に来るには、駆け出し冒険者の服が必要だ。それと国に入るには、アリアみたいに案内してくれる風精霊の人が居なければいけない。

兵士のセリフから察するに、この国に訪れたのはオレ達が久しぶりらしい。

この情報が確かならば、この国には他のプレイヤーは一人もいない事になる。

——となると、クロは一体誰を捜しているのか。

残された可能性としては、個人的にクロが何らかのクエストを受けていると考えるのが、自然で一番無難な落としどころだった。

オンラインとオフライン問わず、ＲＰＧという名の付くゲームで人捜しは、昔から定番で良くあるクエストの一つだからだ。

順当な結論に至ったオレは、それならば内容を無暗に聞かない方が良いと考える。

他の人がやっているプレイに、求められる前に横から口出しをするのはマナー違反だ。

だから取りあえず、パーティーメンバーとして彼女に告げた。

「何か困ったことがあったら、オレに遠慮なく相談しろよ。クロの兄弟子として友達として、チート〈付与魔術師〉の能力を全力で使って助けるからな」

「………ありがとう、ソラ」

屈託のない笑みを浮かべたクロは、さり気なく手を握って来る。

少し意表を突かれて驚いたが、オレは彼女の温かい手を強く握り返した。

①

アリアの案内で、門の警備を素通りして城の敷地内に足を踏み入れる。

大きな噴水が特徴的な花の庭園を、クロが「可愛い庭だね」と評して楽しそうに観察しているのに頷いていると、あっという間に城の大きな扉前まで到着した。

この国〈エアリアル〉の象徴である〈エアリアル城〉の全長は百メートル程度、天高くそびえ立つ塔が特徴的なゴシック様式の建築物だった。

建材に使用されている素材は、精霊石と呼ばれるこの地域でしか入手する事ができない上に、外の市場では流通していない特殊なモノを使用しているらしい。

日の光を受けて、淡い翡翠色に輝くオーソドックスなデザインの城は、緑と花で彩られた庭園と調和して見事な一体感を演出している。

お城自体は、ファンタジー物では特に珍しくないのだが、この〈アストラル・オンライン〉は過去最高のリアリティーを追求している。

下から見上げる城の存在感は、比較できない程に現実感があり、熟練のゲーマーであるオレですら圧倒されてしまう程だった。

「妖精国のお城〈オーベロン〉に似てるね」

「まだ見たことが無いんだけど、そうなのか?」

「うん。流石に中に入った事は無いけど、お城の外観は同じだよ」

……ふむ、という事は妖精と精霊には、何らかの繋がりがあるのだろう。

そんな事を考えていたら、警備の女性騎士達がアリアに一礼をして城の扉を開ける。

先を行く彼女に続いて、軽く頭を下げてから騎士達の横を通り中に入ると、目の前には広い玄関ホールが広がっていた。そこから王の間に向かう為に歩くのだが、

「おかえりなさいませ、アリア王女様!」「ご無事に帰還されて、何よりです!」と、こんな感じで、お姫様は道行く先々で城内にいるメイドや警備をしている騎士の女性達に、挨拶されると同時に無事であることを大いに喜ばれた。

背筋を伸ばし堂々とした佇まいで、会う人々に優しく接する彼女の在り方は正に王女だ。

その後ろ姿を眺めながら、オレは思わず感心して彼女を称賛する言葉を口にした。

「アリアって、国中の人達から慕われているんだな」

「はい、皆様とても良くしてくださる心優しい方々ばかりで、わたくしも期待に応えられるように王女として頑張らないといけません」

両手に握りこぶしを作って、アリアは気合を入れてみせる。

小さなその身体に、色々と沢山のモノを背負っているのを知ったオレは、自分も彼女の一助となれるように頑張らなければいけないと思った。

「そっか、なら早くアリアの母親……女王様に会おうか。この森に起きてる異変と、ここでオレがやらないといけない事を聞かないと」

「王の間はあと少しです。お城の内部は広いので、くれぐれもわたくしからはぐれないように、しっかり後ろをついて来て下さ——きゃ⁉」

言ったそばからアリアは、自身の足を器用に絡ませバランスを崩し、前方に転倒する。

道中ですっかり慣れてしまった自分は、何だかそんな事になりそうな予感がしていたので、余裕をもって倒れる彼女の胴に手を伸ばし支えてあげた。

「まったく、気をつけなよ」

「あ、あはは……、ありがとうございま……ッ⁉」

鼻息が掛かるほどに間近まで顔が近づき、アリアは顔が真っ赤になり慌(あわ)てて離れる。

すると隣で繋いでいる手が、いきなりギュッと力強く握られた。

びっくりして手を繋いでいる少女を見ると、なにやら不機嫌(ふきげん)そうな顔をしていた。

「く、クロさん……？」

名前を呼んでみたが、何故(なぜ)か彼女はそっぽを向いた。

②

やはり王の間は、定番である城の最上階にあった。

アリアが軽くノックをして、名乗ってからリング状の鉄製ドアノブを掴(つか)んで引く。

……今から会うのは、一国の女王様だ。流石に少しだけ緊張する。

ゆっくりと、上質で頑丈そうな木製の扉が開いた先には、広い空間と右に長剣(ちょうけん)を携(たずさ)えた身長百八十センチ程度の全身鎧の女騎士が一人。それと精霊の樹木を加工して作られた玉座には、かるく足組をして腰掛(こしか)ける、神聖を纏った一人の美しい少女がいた。

髪の色は、自分の隣にいるアリアと同じ輝くような翡翠色。太腿(ふともも)に届くほどに長い髪は、毎日手入れしているのか光沢を放っている。

身体は全てが完璧で、顔立ちは誰が見ても素晴らしいと絶賛するだろう。

宝石みたいな金色の瞳に見据えられ、思わず息を呑んだ。

「アリアの、双子のお姉さん……？」

彼女が纏う神々しい空気に少し気圧されて、思わずそんな言葉を呟いてしまう。

オレの感想を聞いた少女は、くすりと笑い首を横に振った。

「いいえ、姉ではありません。私はシルフ・エアリアル。この国〈エアリアル〉の女王であり、貴方のすぐ隣にいるアリアの母です」

「……そ、それは、大変失礼しました。お、お若いんですね？」

「精霊族は昔から、一定の年齢になると老化が止まるんです。そうですね、あまり意識することはありませんが、私はこの姿で老化が止まってから二百年以上は生きていますよ」

人間の基準で例えるなら、高齢者を越えて骨壺になっているレベルだ。

でもここはファンタジーの世界、彼女みたいな存在は他のゲームでも良く見かけるくらいには定番で、熟した精神で見た目が幼くて綺麗な女性――ロリババアと呼ばれるジャンルは、昔から一部の人達に人気がある。

シルフの美しさに見惚れていると、彼女の側で控えていた女騎士が吹き出すように笑いながら前に出てきた。

「ハハハ、精霊族はみんな若い姿だからね。驚くのも無理はないだろう」

「……ッ」

女騎士を見て、オレはシルフとは別の意味で驚いた。

洞察スキルで見抜けた騎士のレベルは、なんと50だった。

頭上に表示されている、ネームカラーはNPCの証である青色。

キャラクターネームは、〈ガスト・デイム・グランドクロス〉。

ガストの下にある文字列は、以前にプレイしたヨーロッパをテーマにした騎士物語のゲームで見たことがあった。

たしか女性騎士に与えられる中で、最上位の地位だったはず。

彼女が身に着けている装備の鎧は銀色に輝き、シャープで軽量重視の作りながらも先日戦ったガルドの鎧とは、比較にできない程に硬そうだった。オマケに手にしている翡翠色に輝く工芸品のような長剣〈エアリアル・ソード〉はAランクの武器である。

こうして相対すると、ドラゴンスライムが小動物に思えるほどの化け物だ。

グレートヘルムの隙間から覗く、二つの鋭い視線はオレを試すように、容赦のない威圧感を与えてきた。

「ソラ、この人……ッ」

「ああ、メチャクチャ強いな」

目の前にいる騎士が次元の違う強さである事を理解したクロが、隣で不敵な笑みを浮かべ愛剣の〈夜桜〉の柄に手を掛けた。

相手のレベルは自分達の二倍、装備の強さも加えるなら三倍以上の戦力差がある。そんな存在を前にして、尚も挑む姿勢を見せるのは流石は妹弟子といったところ。

そんな心強い仲間と共に前に出ると、〈シルヴァ・ブレイド〉の柄に右手を置いた。

確かに目の前にいる女騎士は、今の自分達よりも遥かに強い。

だがそれは、あくまでもデータによる数字上の話だ。２Ｄゲームならまだしも、３Ｄやフルダイブ型のゲームでは、プレイヤースキルによって勝敗の結果は大きく変わる。

魔王相手では後れを取ってしまったが、今のオレはそう簡単に負けてやるほど弱くはない。ガストの威圧を受けた上で、積み重ねてきた内に秘める闘気を解き放った。

「──なるほど、これが予言に記された白銀の天使とその仲間か、素晴らしい闘気だ」

あっさり騎士は威圧するのを止めて、チラリと後方にいるシルフの方を見る。

事の成り行きを見守っていた彼女は、今の結果にとても満足そうな顔をして立ち上がり、こちらに向かってゆっくりと歩み寄った。

「試すような事をして、すみません。ですが騎士団長の威圧を受けて逃げ出す程度の実力では、この先に待ち受ける大いなる戦いで生き抜くことはできないと思い、少々手荒な事をさせて頂きました」

謝罪と説明をしながら、目の前で立ち止まったシルフは、二つの指輪を差し出してきた。

つい反射的に彼女から受け取ったオレとクロは、手の平に転がるエメラルドの宝石が嵌め込まれた銀色の指輪がどんな物なのか、プロパティを開き確認する。

アイテム名は〈精霊の指輪〉。女王に認められた者に贈られる特別な指輪で、装備する事でエンシェントゴーレムに敵対されなくなり、更には初期装備無しでも森を出入りできるようになると記載されていた。

なるほど、つまりフリーパス券みたいなものだ。

受け取った指輪を装備したら、目の前にいるシルフは誰もが見惚れる優しい表情から、急に真剣な顔つきに変わり、オレ達に話を切り出した。

「この国に来るまでに、ハエの兵士と何度も交戦をしたと思います」

「……ああ、そういえば、狼を除けばエンカウントしたのはアイツ等だけですね」

「それこそが、精霊の森の全てに〈大いなる災厄〉が訪れる前兆なんです」

シルフが説明すると、後方で待機していたガストが古い巻物をストレージから取り出し、広げて読みだした。

「蝿の兵士現る時、風精霊の封印は破られ、七つの大災厄の一つが大地より顕現し風精霊と妖精の森を暴食するだろう。これが、現在我々を悩ませている古の予言だ」

「そして予言は他にも、こう記されています。白銀の天使が降臨した時、天に選ばれし王族の巫女に紋章が浮かび上がり、大災厄を退けるだろうと」

ガストの言葉を引き継ぎ、巫女という単語を口にしたシルフはアリアの方を見た。

実に分かりやすい展開にオレは、彼女がこれから受けるクエスト攻略において、とても重要な位置に立つキャラクターの一人なのだと完全に理解する。

ちなみにゲーム初心者のクロは、話の展開について来られていないらしい。この状況下で一人だけ首をかしげていた。

そんな彼女の様子を微笑ましく見ていると、アリアがみんなの前に出てくる。次に胸元のボタンを外したら、綺麗な肌を見せるように服を広げた。

「ちょ、あ、アリアさん!?」

こんな場所でいきなり露出するなんて、何を考えているんだこの子は！

慌てて顔を両手で覆い、真白な肌を直視するのを避けようとしたら、アリアの真っ白な肌の胸元に――緑色に輝く六芒星が浮かび上がった。

「まさか、それが……」

「はい、これが天に選ばれた証です。わたくしは『巫女』として、この森を守らなければいけない使命があるのです」

「ソラ様、この森を大災厄から守るため、私達にその御力を貸して頂けないでしょうか」

親子二人に、すがるような目で言い寄られる。それと同時に、オレの目の前にはウィンドウ画面が表示されて、クエストを進行するかどうかの選択肢が出て来た。

今さら迷う必要なんて無い、二つ返事で了承すると【第一クエスト　精霊王の願い】が終わり、次の【第二クエスト　蝿の大災厄】が開始された。

「ありがとうございます、ソラ様！」

「ぬわ――ッ!?」

すると感極まったアリアが側に母親と騎士団長がいる事や、胸元の外したボタンを留める事も忘れ、いきなりオレに抱き着いて来た。

熟練のゲーマーでも、自分の中身は恋愛初心者で健全な高校二年の男子である。

美少女のアリアに抱き締められて、ゲームとは思えない色々な生の情報が津波の様に押し寄せて来て、顔を真っ赤に染めて固まってしまった。

すると、その様子を隣で見ていたクロが「……ソラのへんたい」と冷たい眼差しで、この上なく鋭い一言を吐いた。

③

あの後アリアは、用事があるからとパーティーメンバーから外れる事になった。オレ達は特にやることもなかったので、城を後にして街に出ることにした。

主な目的としては、武器のメンテナンスと消費したアイテムの補充だ。

先ず鍛冶屋に行くと、そこでは裸にオーバーオール姿の悩ましい姿の少女精霊が、どこか気だるげな様子で店番をしていた。

彼女の雰囲気に少々不安に思いながらも、オレ達が武器を預けたら、意外にもメンテナンスは三分くらいで終わった。

その理由は彼女が適当に扱ったわけではなく、武器を作成したキリエが四十八時間は効果が続く、耐久値の減少耐性を付与していたおかげらしい。

それによって、あれだけ戦ったにも拘わらず武器は全く損耗していなかった。

「流石は冒険者の鍛冶師だね〜、これほどの武器を打つ技術と整備、同じ鍛冶師として一度会ってみたいよ〜」

整備を終えた武器を手にキリエの事を絶賛して、オーバーオールの精霊はまるで宝石を扱うかのように両手で持って返す。

受け取った武器は、まるで新品みたいに綺麗だった。

最初に疑ったことを内心で謝罪しながら、鍛冶師の少女に礼を言って料金を払うと店を出て、次にアイテムを整えるために道具屋を訪れる。

次に待っていたのは、先程と正反対で元気に大歓迎するフリルワンピース姿の少女精霊だった。

彼女は〈精霊の指輪〉を見たら、特別サービスで全て三割引きすると言ってきた。

……ラッキーではあるが、こういう時は沢山買い込んじゃうと効果の高い奴が出てきた場合、そっちに移行して余り使わなくなるから気をつけないといけない。

良く後先考えずに買い物をするオレは、しみじみと思いながらアイテムの購入を終える。

クロも購入を終えると、やたら重い扉を押して店を出ようとする。

すると店主が、先程からオレの左腕を占領しているクロを見て質問をした。

「お二方は、ずっと腕組みされてますが、どういう関係なんですか？」

「……わたしとソラは、お友達だよ」

「あらあら、てっきり恋人だと思ってたんですが、違うんですね」

「ラ、ラヴァーズじゃ、ないよッ！」

顔を真っ赤に染めて、クロは否定しながら扉を開けて勢いよく外に出る。

腕を引っ張られる形で、一緒に店の外に出たオレは、何も言わずクロをジッと見つめる。

彼女は恋人だと言われた事が、よほど衝撃的だったのか顔を真っ赤にして背けた。

「えーと、クロさんは、いつまでこの状態でいるんでしょうか？」

「………むう」

丁寧に尋ねてみるけど、返事は小さな唸り声だけだった。

城を出てから、ずっとこの調子である。

ベストフレンドと言っているあたりから察するに、もしかしてオレとアリアのやり取りを見て、嫉妬したのだろうか。

昔からこういう時は、コミュニケーションお化けのロウが助けてくれた。

だけど彼は親友のシンと二人、現在は修行を終えてアスオン初のイベントをエンジョイしている最中なので、残念ながら此処にはいない。

そんな彼等からは、『何で〈ティターニア〉に到着してないんだ？』というメッセージが、先ほど城を出た際に来ていた事を思い出す。今回は、用事で参加できない旨を伝えたところ、何か察したような返事が来て以降は、連絡のやり取りはしていなかった。

メニュー画面を開いて、イベント『蝿の兵団の襲撃』を見る。

内容は〈ティターニア〉に攻めてくる〈バアルソルジャー〉を倒して、討伐ポイントを稼ぐだけのシンプルなものだ。

集めたポイントは特設コーナーで交換が可能で、一番ポイントが高い景品はＭＰが20プラスされる〈ニンフェシリーズ〉の武器と記載されている。

ＭＰが上がるのならば、基本的に腐ることはない。今後入手できる機会があったら、サブ武器で持つのも全然ありだと思った。

「そこの可愛い冒険者のお二人さん、精霊パン工房の新作森の王者フォレストベアの肉を使ったピザを食べてみないかい！　今なら出来立て三百エルだよ！」

――と、現実逃避をしていたら、急に元気な精霊のお姉さんに呼び止められた。

気が付けば、中々に濃厚で香ばしい肉の匂いが、周囲に漂っている。

足を止めたオレは、見慣れた円形の生地の上に厚くカットされたフォレストベアの肉と、チーズをふんだんに使用した料理を見て、即座に購入する事を決めた。

「毎度あり、できたてだから火傷に気をつけな！」

カットされたピザを一切れ、店員から受け取ったオレは、口を大きく開けて齧り付く。

「これは――熊肉の少し鉄臭い癖がありながらも、それを上回る暴力的な厚みのある肉の旨味が照り焼きのタレとチーズと相まって、すごく美味いぞッ！」

　至福の旨味を堪能していると、あっという間に完食してしまった。

「お嬢ちゃん、良い食べっぷりだね。さっき似たようなノリで美味しそうに食べてた黒い騎士様と良い勝負してるよ」

「……黒い騎士様？」

　気になる情報に思わず聞き返すと、店員は笑顔で答えてくれた。

「ああ、ついさっきの事なんだけど、黒いローブを羽織った全身鎧の騎士様が豪快にパンを大量買いしてくださったんだ。その時にオマケでこの新作ピザをタダで差し上げたら、久しぶりのピザだって大喜びしてたんだよ。この辺りじゃ、見かけないデザインだったね」

　この辺りで見かけない騎士、オマケに久しぶりのピザとは一体。

　何だか違和感を覚える情報に、少しだけ眉をひそめる。

　ピザを片手に持ったまま考え事をしていると、不意に肩をトントンと叩かれた。チラリと視線を向けたら、クロが首を傾げ不思議そうな顔をしていた。

「なんで、ゲームの中でご飯食べてるの？　お腹がすいたなら、ログアウトして現実でご飯食べたほうが良いと思うよ？」

　ゲーム初心者の大多数が、抱くであろう疑問を口にした少女に、オレは黒騎士に対する思考を中断する。右手の人差し指をわざと立て、チッチッと左右に振った。

「まだまだ甘(あま)いな、小娘(こむすめ)よ。フルダイブゲームで味覚エンジンが使われてると分かったなら、色んな料理を試食しなければゲーマーとして無作法というものよ」

「…………そうなの？」

「ああ、現実では味わう事ができない色んな料理を堪能できるし、何よりもいくら食べたとしても、絶対に太ることが無いからな！」

「いくら食べても、太らない……」

クロは女の子らしい反応を見せて、ゴクリと生唾(なまつば)を飲(の)み込んだ。

彼女の視線は、近くにあるクレープっぽいデザートを作っている店に向けられる。

見た感じ、現実のクレープと同じである。トッピングは、ストロベリーとかメロンとかオレンジ等、この国で栽培(さいばい)している果物を使用しているようだ。

メニューの中には氷菓(ひょうか)――バニラアイスに似たモノもあり、見た正直な感想としてはどれもメチャクチャ美味そうだった。

パン屋を後にした自分とクロは、見た目が可愛らしい十代くらいの女性精霊が店員をやっている店に、真っすぐに向かった。

「いらっしゃいませ、ご注文はいかがなさいましょうか」

「うーん、この中ならストロベリーとアイスのトッピングかな、クロは何が良い？」

「え、わたしは……」

「道中で良い感じに稼げたからな、ここは兄弟子が奢るよ」

二人の目の前にメニュー画面が出現したので、設定を自分の支払いにする。

クロは悩む様子を見せるが、しばらくすると決心して、クレープのトッピングを選択した。

最後に注文の確認をして決定ボタンをタッチすると、オレの所持金が消費されてカウンターの向こう側にいた女性店員が、ライブクッキングを始めた。

鉄板でクレープ生地を焼く匂い、現実の職人と同じように薄く広げることで、小麦粉を使用している生地は見慣れた形状になっていく。

生地が完成したら、彼女は次に頼んだトッピングとホイップクリーム、アイスクリームを盛り付け、綺麗にまいて紙で包装をした後に木製の使い捨てスプーンを添えた。

「はい、お待たせいたしました。氷菓は時間経過で溶けていくので、気を付けてお早めにお召し上がりください」

「わあ……美味しそう」

完成したクレープが手渡されると、クロは目を輝かせた。

彼女が選択したのは、チョコバナナとバニラアイスのトッピングだ。

喜ぶクロの姿を微笑ましく思いながら、自分も受け取ったバニラアイスと半分にカットされたイチゴがふんだんに使われたクレープに、思いっきり齧り付いた。

「うん、美味い！　やっぱデザート類で、イチゴはド安定だな！」

「ほんとうだ、美味しい！」

一口食べたクロは、幸せそうに笑みを浮かべた。

そこからは大口開けて直に食べるオレと違い、彼女はスプーンを使いながら女の子らしく、口を小さく開けてお上品に食べ進めた。

先に完食した自分は、その様子を微笑ましく見守る。

あっという間に一つ食べ終えたクロは、先ほどの触れがたい雰囲気はすっかりなくなり、やや興奮気味なテンションで感想を言った。

「フルダイブゲームって、すごいんだね！」

「ああ、キノコ串焼きとかピザとか色々と試食したけど、味覚だけじゃなく口当たりもしっかり再現しているのは凄いよな。料理ゲーじゃないファンタジーゲームで、ここまで拘って味覚を再現するのは、それだけ製作者が凄いって事だけど」

だがこのゲームの製作元は、情報が一切公開されていない。

現実に影響を及ぼす程なのだから、少なくとも普通の企業じゃない事は分かる。

そこまで考えを巡らせると、いきなり目の前に休憩するように警告文が表示された。

「あれ？　ＶＲヘッドギアから休めって来た。ちゃんと休憩挟んでやってるのに、なんでだろう……」

「ログアウトするなら、一緒の部屋レンタルする？　パーティー割引と女の子同士なら百合割引っていうのが使えるから、普段の料金から半額まで節約できるよ」

「百合割引ってなんだよ、初めて聞いたぞ」

ドン引きしながら、基本料金三千エルを見たオレは眉間にしわを寄せた。

最初に泊まった〈ユグドラシル王国〉にある、宿の料金は千エル程度だった。それなのに、まだ二番目に訪れた〈エアリアル〉では、三倍くらいになっている。

割引で一泊三千エルが千五百まで下がるのは、誰が聞いてもお得で魅力的な話だった。

「あー、そうだな。これならふたり――ッ」

親友たちに応えるノリで返事しようとして、ふとクロが女の子であることを思い出すと、慌てて口にするのをストップさせた。

（……あ、危ないところだった）

もしも彼女と同じ部屋を借りて、それが師匠と妹にバレる事態になったら、ＶＲチャッ

トのプライベートルームで数時間ほど説教をされる。

ギリギリで危険を回避したオレは、クロに部屋は別々にする事を提案しようとして、

「――ソラ様、クロ様、観光を楽しんでいるところ失礼します！」

「至急、城に戻ってください、緊急事態です！」

最初に出会った二人の兵士が、呼吸を乱しながら顔を真っ青にして走って来た。

彼女達の様子から、誰がどう見ても、ただ事ではない様子だと分かる。

ゲーマーとしての直感が働き、何となくユニーク関連のイベントだと察した自分は、これは休憩するのは後回しだなと思った。

④

走って〈エアリアル城〉の最上階にある王の間に到着すると、そこでは先ほど分かれた女王シルフと騎士団長ガストと王女アリアがいた。

三人は可視化されたマップを中心に、揃って深刻そうな顔で立っている。

周囲にいる、大臣っぽい精霊の男女も困り顔で、そんな三人を遠巻きで見守っていた。

話しかけ辛い雰囲気の中で、オレは腕に引っ付いているクロと歩み寄ると、

「お取込み中に失礼します、女王様。使いの兵士から緊急事態と聞いて参上しましたが、一体どうしました？」

声をかけて、堂々と三人の中に割って入る。

すると余程集中していたらしい。

オレの存在に気付いたアリアが顔を上げる。……だがその表情は、一目で分かる程に真っ青で、とても不安そうな感じだった。

「ソラ様、大変な事になりました。北東の方角からバアルソルジャーの大群が、こちらに向かっていると、つい先ほどアハズヤ様から連絡が来まして……」

「北東から、バアルソルジャーの大群？」

アリアから聞かされた情報に、鋭く目を細める。

確か北東にある〈ティターニア〉では、第一回目の大きなイベントが起きている最中だ。内容はアリの兵士達の討伐。このタイミングでそいつらが大挙してやってくるのは、自分の直感だけど全くの偶然ではない気がする。

まさかイベントの一種か？

そう思っていると、次に口を開いたのは険しい顔をしたシルフだった。

「〈ティターニア〉と〈エアリアル〉の両国の間には、大災厄を封印している大結晶があります。近辺で敵から隠れて監視している副団長アハズヤによると、今回の敵はそこから出現したみたいです……」

「なるほど、事情は分かりました。それで敵の規模はどのくらいですか？」

オレが質問をすると、今まで黙っていたガストが口を開いた。

「ソルジャーに関しては、五百程の大隊だ。……ただ、その中には指揮を執る十メートル級の大型ボスモンスター〈バアル・ジェネラル〉が確認されているらしい」

「〈バアル・ジェネラル〉……？」

「予言の中にある、蝿の兵士を率いて世界に破壊をもたらす大災厄だ。偵察してくれた副団長達の情報によると、そのレベルは60らしい」

「レベル、60……ッ」

彼女から提供された情報に、オレは額に汗を浮かべた。

他にプレイヤー達がいない状況下で、ソルジャーが五百という中々に驚異的な数に加えて、レベル50を超える強大なボスモンスターの存在。

ジェネラル——軍事的な意味で言うと一般的には『将軍』で、国家や運営体制によって『司令官』などをさす場合もある。それがボスなのだから、スライムドラゴンと同様に一筋縄ではいかない相手である事は間違いないだろう。

「この国に大災厄が迫っているのは理解しました、それで呼ばれたオレ達の役割は？」

「ソルジャー達はいくら倒したとしても、ジェネラルの特殊スキル〈起死回生の咆哮〉が発動する度に復活してしまう。だから先ず敵をこちらの全軍で相手取り、その間に精鋭を集めた一個小隊でジェネラルを討ち倒すのが堅実な戦術だ」

「……騎士団長が言いたい事は大体わかりました。つまりボスを討伐する為の小隊に、オレとクロが加われば良いんですね？」

「話が早くて助かる、だが討伐メンバーに選ばれるのはソラ様達だけじゃない」

そう口にしたガストの整った顔の眉間に、より深いしわが寄った。

同時にオレの目の前に、シナリオ〈風の章　蠅の大災厄〉に関する一つの条件が出てくる。

ユニークシナリオ必須条件、ボスモンスター〈バアル・ジェネラル〉との戦いでパーティーに必ず『風の王女アリア』を同伴させて戦う事。

「…………………………ウソだろ？」

今から戦うのは初見のボスモンスターだというのに、これ以上なくヤバい条件を突きつけられて、思わず息を呑んだ。

そういえば予言の話の時に、紋章が浮かび上がった巫女が大災厄を退ける云々って言っていた気がする。

要するに彼女は、昔からゲームで良くある強制で出撃しなければいけない固定枠なのだ。

「ボスのジェネラルは、物理ダメージを半減にする特殊能力を所持しています。ソレを無効化できるのは、祈りの力を持つ巫女だけです」

「私とシルフ女王は、ソルジャーと戦う兵達の指揮と支援で手が離せない。だから皇女を、第一部隊の精鋭と共に守りながらボスを倒してくれ」

シルフとガストは手助けできない事に、この上なく申し訳なさそうな顔をする。

二人の話を聞いた自分は少し考え、シルフにいくつか質問をする事にした。

「祈りの効果範囲はどれくらいなんですか。同伴させるとして、アリアはどれくらいの距離にいる必要があるのか知りたいです」

「大体四百メートル。祈りを使用している間は動けないので、護衛は必須となります」

「……動けなくなるか。もう一つ聞きたいんですけど、――この国の守りを担っている〝ゴーレム〟をジェネラルの攻略メンバーに加える事は可能ですか？」

パッと頭の中に浮かんだ疑問を口にすると、シルフは更に険しい顔つきとなった。

「この国を守る任務を変更して、アリアの護衛をさせるのは可能です。ですがボスである〈バアル・ジェネラル〉は、ゴーレムの攻撃を無効化する特殊な力を持っています。戦いに、大きく貢献することはできないでしょう……」

「それだけでも十分です。ボスを攻撃できなくても、動けないアリアを守る手数は一つでも多い方が助かります」

「わかりました。この後直ぐに、ゴーレムの設定を変更しておきましょう」

「ありがとうございます、シルフ女王」

シルフとの話が終わると、後はガストから作戦についての説明が始まった。

話を聞きながらオレは、敵が土属性である事を考慮して、ここで温存していたジョブポイントを有利属性である『エンチャント・ウィンド』に投入する事を決める。

それから会議が終わり、シルフ達が慌ただしく動き出す中でメニュー画面を開いて操作していると、自分の下に作戦の要であるアリアが訪れた。

彼女は自信のなさそうな顔をして、消えそうなくらいに小さな声でこう言った。

「そ、ソラ様達足を引っ張らないように、精一杯がんばりましゅ！」

盛大に台詞を噛んだ後、お姫様は顔が真っ赤になり慌てて言い直す。

ガチガチに緊張しているアリアに、オレとクロは顔を見合わせて苦笑いした。

⑤

国の外に出ると、平和だった草原には重々しい空気が漂っていた。

危険を察知したスライムとか他のモンスター達は、全てどこかに避難しているのか見える範囲には一体も見当たらなかった。

そんな中で城から出陣した〈エアリアル〉の総数五百人ほどの兵士達が、ガストの指示に従いそれぞれ配置に着く姿は、遠くから見ていて実に壮観である。

敵の兵団を監視している警備兵からの報告によると、敵は一塊になって愚直に真っすぐ此処を目指してきているらしい。

そこでガストが取った戦術は、敵の突進を騎士をメインにした三百人の兵達で正面から受け止め、魔術師を編成した二百人で左右から挟撃して殲滅する事だった。

幸いにも〈バアル・ジェネラル〉は集団の最後方にいる。

挟撃したタイミングでオレ達も出て、ボスを兵達から分断してこれを速やかに撃破する事が、何よりも一番重要となるだろう。

「わたくしは、上手くやれるでしょうか……」

挟撃する右翼の部隊と国を出て、共に森の中で潜んでいる緑の鎧ドレスを身に纏うアリア。隣で王家の弓を手に、緊張と恐怖のダブルパンチで小刻みに震えていた。

オレは彼女が怖がるのも無理はないと思った。この作戦でジェネラルに敗北した場合、ソルジャー達は無限に復活する無敵の兵団となる。

そうなったら、この国は滅ぶ事になるかもしれない。

だからボスの討伐を引き受けるオレ達の責任は、この戦場に参加する部隊の中で何よりも重く、けして失敗する事は許されなかった。

故に作戦成功の要である、アリアのプレッシャーはこの中で最も大きいと思う。

「オレとクロがいるし、騎士団長が選んだ精鋭の騎士が十八人もいる。オマケに〈エアリアル〉の最強ゴーレムさんまでいるんだぞ。これだけの面子が揃っているんだから、教わった通りに動けば負ける事はないよ」

視線を向けた先には、全身に鋼の鎧を纏った兵達だけではなく、緑色に輝く装甲を持つ人型のロボットみたいな巨人が片膝をついて待機していた。

アレの名は――〈エンシェントゴーレム〉。

全身がアダマンタイトで構成されている、〈エアリアル〉の王家に従う守護者。

レベル50のゴーレムは、そこにいるだけで心強い存在感があり、共に戦う者達の精神的なプレッシャーを大きく軽減してくれる。

だけどアリアは真っ青な顔で、上目遣いでオレを見上げると、

「……ですが、もしも失敗をしたら皆が死ぬことになります。モンスターと違って、わたくし達は一度死んだら、生き返る事は出来ませんから……」

ああ、やはりそうなのか。

アリアの口から出た、ＮＰＣの仕様を聞いて納得した。

現実の人間と遜色ない思考を持ち、感情豊かに動くこの世界の住人。

以前にプレイしていたスカハイも、死んだらリスポーンすることが無いＮＰＣ達が居たことを、自分は今も鮮明に覚えている。

「戦う事は、怖くありません。わたくしはお母様とお父様から、上に立つ者として訓練をしてきました。ですが、もしもドジをして皆を危険に晒したらと思うと……」

「後の事は考えるな、もしもの事があったら、オレが全て何とかしてやるから」

「でも、でもでもわたくしは――きゃ!?」

とても臆病で隙だらけのお姫様の不意を突き、彼女の目の前にオレが両手を突き出して掌を合わせて叩く――猫だましが、驚く程にとても綺麗に決まった。

アリアは、びっくりして思わず後ろにひっくり返り、地面に尻もちを着いた。

「そ、ソラ様……?」

呆然と見上げる彼女に、オレは自身に先程ジョブポイントを振ってレベル5まで強化した、風属性の付与スキル〈エンチャント・ハイウィンド〉を使用する。

自身のMPを燃料にして発生したのは、緑色に輝く優しくも力強い風だった。

周囲に視認できる程の風を纏う自分の姿に、周囲の風精霊の騎士達が「アレは、風の付与スキルなのか？」「視認できる属性付与なんて、初めて見たぞ」と驚いた声を漏らす。

まさかこんな現象が起きるとは驚きだが、演出としては百点満点だ。

みんなの視線が集まる中で、風を纏いながらオレは微笑を浮かべる。

そしてこちらを見上げるアリアに、そっと右手を差し伸べると、

「……アナタは、どうしてそんなに強いんですか？」

「覚悟は昨日の段階で決めているからな。たとえこの戦いで死んだ場合、特例で残機がゼロになるとしても逃げるつもりはない。それに、こんな序盤の戦いで足踏みなんてしていたら、ラスボスの魔王と再び戦うなんて、夢のまた夢だよ」

「魔王と、再び戦う……」

オレの言葉を反芻するように呟き、アリアはそっと瞼を閉じた。

黙って見守っていると、少しの間を置いて彼女は目を開く。差し伸べた手を掴んで、くすりと笑って立ち上がり、服に着いた土を軽く手で払った。

「……そうですね、この世界で最も恐ろしい魔王に挑むソラ様がいるのです。何が起きても負ける道理はありません」

「おう、大船に乗った気持ちでいてくれ！」

アリアの覚悟が完了すると、まるでそれを待っていたかのように、遠く離れた場所から地鳴りのような音が聞こえてくる。

音がする方角に視線を向けてみたら、そこには武器を手にしたハエの兵士が群れとなって、王国に真っすぐ向かってくるのが確認できた。

『敵が来たぞ！　全軍戦闘準備！』

敵影を確認した騎士団長のガストが、この戦いに参加している全員を鼓舞するように気合が入ったボイスチャットで、素早く情報の共有を行った。

白銀の剣を抜いたオレは、正面に展開している王国の騎士団がバアルソルジャー達と想定通りに、真正面から衝突するのを確認すると、

「行こう、みんなオレに遅れるなよ！」

「りょーかい！」

やる気に満ちたクロの返事と共に、オレはアリアと共に森の中から飛び出した。

⑥

結論から言うと、ガストの作戦はこれ以上ないくらいに綺麗に決まった。

正面から迫るバアルソルジャー達を、後衛に配置した火力支援の魔法隊の攻撃が薙ぎ払い、最前線の動きが鈍った隙を突いて前衛が切り込む。

敵の勢いが完全に止まると、次に前衛は突進スキルを離脱するのに使用して、そこに待機していた後衛の魔法が再び炸裂する。

待機していた中衛と前衛が交代、指定範囲内にいる敵性モンスターのヘイトを自身に向ける騎士のスキル〈挑発〉を使用して、向かってくるバアルソルジャーを切り捨てる。

敵の注意が完全に前方に向けられると、今度は左右に配置していた部隊が飛び出して、敵を挟撃する形となった。

完全にイニシアチブを握った風精霊の兵士達は、女王シルフの援護バフで全ステータスを強化してもらい、更に勢いづいて目の前の敵を連携で葬っていく。

感知スキルと洞察スキルで、オレが確認した戦況はそんな感じだった。

後は消化試合に等しいのだけど、問題はバアルソルジャーが前座に過ぎない事である。

メインディッシュである存在は、配下の兵士達が苦戦を強いられている状況に、ようやく重い腰を上げる気になったらしい。

全長十メートルはある昆虫人型モンスター〈バアル・ジェネラル〉が、身の丈ほどある巨大な剣を手に、倒れていく兵に支援の〈起死回生の咆哮〉を上げようとするのが見えた。

「させるかよッ！」

自身に〈ハイストレングス〉と〈ハイアクセラレータ〉を二重付与する。更にシルフの強化バフが加わり、周囲の景色が霞むほどの速度で地面を駆け抜けた。

選択するスキルは、最も威力のある技〈ストライク・ソード〉。

青いスキルエフェクトによって光り輝く白銀の剣を手に、跳躍スキル〈シュプルング〉で高く跳んだ。

そして敵の甲殻がない腹を貫くつもりで、強烈な一撃を炸裂させる。

『――――――――――ッ⁉』

受けた刺突の凄まじい衝撃に、発動寸前だったスキルは強制的にキャンセルされた。

更にオレの勢いは止まらず、油断していたジェネラルはその場で踏ん張ることができなくなり、巨体は数メートル以上も後方に大きくノックバックする。

バアルシリーズ共通の弱点である、風属性で威力は更にブーストされ、二本あるＨＰゲージの一つが視界内で僅かに減少した。

妨害に成功したオレは、速やかに仲間たちのいるラインまで下がった。

ソルジャーの何体かが此方に向かってこようとするが、ボスが孤立したのを確認した左右の部隊が透かさず、オレ達の付近にいる敵の集団を指定して〈挑発〉を発動する。

それによって近くにいた大多数の敵のヘイトは、左右の騎士隊に向けられた。

漏れた敵の数十体がアリアに向かって来るが、それは警護のゴーレムと騎士達によってあっという間に殲滅された。

「皆様、ありがとうございます！　後はお任せください！」

ゴーレムと騎士隊の真ん中でアリアは、自身を睨みつけるジェネラルに向かって手を合わせ、祈るような姿勢を取った。

「……偉大なる風の神々よ、我の願いに応え、大いなる闇を払う力を与えよッ！」

風の巫女の求めに応え、地面に大きな六芒星の魔術陣が描かれる。

陣からは翡翠色の光が放たれ、周囲を優しく包み込んで敵のスキルを無効化した。

洞察スキルが、ジェネラルに付いていた強化アイコン〈暴食〉の物理ダメージ半減が消失するのを確認すると、オレは全員に合図を出した。

「アリアの力で敵のバフは消えた！　ゴーレムとＣ隊は祈っている間動けないアリアの警護を！　Ａ隊とＢ隊は交代でボスのヘイトを集めてくれ！　クロはオレとタイミングを合

わせ、メインアタッカーとしてジェネラルのHPを削る事に専念するぞ！」

「「おおおおおおおおおおおおおおおおおおおおッ！」」

オレとクロとアリア、それに六人編成の部隊が三つに、ゴーレムが一体。

これが対ボスモンスター用に集まった、〈エアリアル〉の最強部隊である。

ノックバックから体勢を立て直したジェネラルは、苛立ちをぶつけるかのように十メートル近い刀身と柄しかない無骨な大剣を地面に叩きつける。

ヘイトはダメージを与えたオレにではなく、祈りの姿勢で動けないアリアに向けた。

これは想定通りの展開なので、オレ達は慌てずに待機していた騎士のA隊が前に出た。

「挑発戦術、行くぞ！」

A隊リーダーの精霊騎士の気合がこもった掛け声と共に、ジェネラルに向かって予め決めた順番で〈挑発〉のスキルが一人ずつ使用される。

——一人目、ミス、二人目、ミス。

「隊長、挑発成功しました！」

「良し！　四人目はストップ、スキルを温存しろ！」

三人目の〈挑発〉が成功して、ジェネラルの視線がアリアから外れる。

敵のターゲットは、強制的に違う方角にいるA隊に引き寄せられた。

騎士が最初に獲得できる〈挑発〉は、発動したら確定でターゲットを自分に集める事ができる万能のスキルではない。

その効果は、ボスクラス等が相手だと高い確率で外れる事がある。

だからタンク隊は、一人が成功するまでスキルが重ならないように順番を決めて使用しないといけない。これをＮＰＣ達は〈挑発戦術〉と名付け、アスオンのトッププレイヤー達は〈Ｔシフト〉と呼称しているらしい。

「盾構え、防御スキル〈ファランクス〉と〈シールド・リインフォース〉を発動せよ！」

Ａ隊に矛先を変えたジェネラルが大剣を構え、突進スキル〈ソニック・ソード〉を発動してとんでもない速度で猛然と駆け出す。

横薙ぎ払いの斬撃に対し、盾を構えた騎士隊は怯まずに正面から受けた。

巨体から放たれる一撃は、それだけでも必殺に成り得る。

彼らは歯を食いしばり、後に数歩分ずり下がりながらもその場に踏み止まろうと精一杯に踏ん張った。

ＨＰが二割ほど減少したが、騎士達は気合で勢いを完全に止めると最後には弾き返す。

苦労してジェネラルの姿勢を崩してくれた好機を逃すまいと、オレは付与スキルで強化した相棒の少女と共に地面を蹴り草原を駆ける。

「クロ！　連撃は足が止まるから、チャンス以外では絶対に使うなよ！」

「わかった！」

間合いを詰めたオレは、そのまま〈ソニック・ソード〉の突進から左薙ぎ払いをジェネラルの脇腹に叩き込み、クロは刀スキルの居合切り〈瞬断〉でダメージを与えた。

進化した風属性の付与スキル〈エンチャント・ハイウィンド〉の恩恵は強く、弱点ダメージは倍近くまで跳ね上がり、二本ある内の一本目が残り七割まで減少した。

やはりアリアが、物理ダメージ半減を潰している恩恵は大きい。

オレ達は攻撃を終えたら、迅速にその場から身体を大きく反転させて離脱を図った。

『GOAAAAAAAAAAAAAAAAAAAAAAAッ‼』

怒りの叫び声を上げるジェネラルは直ぐに怯み状態から立ち直り、手にしている大剣を振りかぶり、オレに向かって真っ直ぐに振り下ろす。

実に直線的で単純な攻撃だったので、大きく横ステップをして回避する。

そのまま反撃に転じずに、作戦通りにクロと合流して太刀の間合いから安全に離脱した。

「ソラ様達の退避を確認！　B隊、やるぞ！」

女性の騎士がパーティーメンバーに声をかけて、A隊と入れ替わる形で前に出てくる。

先程と同じようにB隊がジェネラルのヘイトを挑発スキルで集めると、オレの洞察スキルが敵の構えから、刺突スキルが来ると読み取った。

「刺突技が来るぞ！　あの大質量で突っ込(こ)んで来られたら受けきれない、B隊は全員今すぐにスキルで横に跳べ！」

「——承知した！」

既(すで)にモーションに入っていたジェネラルは、地面を強く蹴り更に前のめりになる。そのまま勢いを利用して、右に構えた大剣に全体重を乗せて鋭(するど)く前に突き出した。

まともに受けたら盾を弾かれて貫かれそうな一撃に、B隊は緊急回避(きんきゅうかいひ)のスキル〈ソニックステップ〉を使用して間一髪(かんいっぱつ)のところで回避する。

「付与スキル、発動！」

好機と判断したオレは、MPを60消費して六人に対し風属性と攻撃力上昇(こうげきりょくじょうしょう)の付与をする。

強化を貰(もら)った彼女達は赤と青の光の粒子(りゅうし)から、オレの意図を理解して手にしたロングソードを振りかぶり、突進スキルからの斬撃を無防備なボスの身体に叩き込んだ。

そうしてHPゲージの一本目が、残り三割以下まで減少。

起き上がったジェネラルの苦(くる)し紛(まぎ)れの横薙ぎ払(はら)いは、防御スキルを使用した彼女達の盾によって簡単に防がれた。

B隊が安全に離脱するのを見届けて、消費したMPを回復する為にマジックポーションを口にしながら、自分は安堵の溜息を一つだけ吐く。

この調子ならば、油断や事故が起きなければ無事に一本目を削り切れそうだ。

更に広げている感知スキルは、祈りを続けているアリアの警護をしているゴーレムとC隊が、戦線を抜けてきたバアルソルジャーを適切に処理してくれている事を教えてくれる。

（あっちの方は、ゴーレムがいるから大丈夫そうだな）

今のところ、危なげない攻略の進捗である。

回復を終えたA隊が前に出てB隊が下がると、一方的にダメージを受けている状況に怒りに震えるジェネラルが、大剣を手に緑色のスキルエフェクトを放つのが見えた。

「A隊、敵の二連撃が来る！　一撃を受けても気を緩めるな！」

「承知したソラ様、A隊のみんな絶対に最後まで防御の手を緩めるなよ！」

洞察スキルで何が来るのか看破したオレの指示を受け入れて、A隊のメンバー達が声を揃えて盾を構える。

念のために〈エンチャント・ハイプロテクト〉を発動。ジェネラルに対し行く手を遮るように立ち、盾を構える騎士達の防御力を更に強化する。

ジェネラルは前に鋭く踏み出し、大剣の重さを利用して大振りの横薙ぎの斬撃を一つ。

これをA隊は、姿勢を崩されそうになりながらも盾でなんとか受けきる。

しかし勢いを殺さずに、高速の一回転をした敵は、そこから更に威力を増した二撃目を右から左に一閃させた。

「ぐおおおおおおおおおおおおおおおおおおおおおおおおおッ⁉」

正面から雄叫びを上げながら受けたA隊の騎士達は、流石に大質量の薙ぎ払いを受けきることが出来ず、後方に大きく弾き飛ばされてしまった。

HPの減少は直撃を受けたわけではないので、なんとか三割程度の減少で済む。

だが弾かれて地面に倒れたことで、一時的に〈転倒〉のペナルティを受ける事になった。

──あの状態になると、三十秒間は立ち上がることができなくなる。

これは不味いと思ったオレはクロと、ポーションで回復中のB隊に声を掛けて前に出た。

「B隊はA隊のフォローを優先してくれ！　ここで一部隊がやられると、形勢が傾く可能性がある。ジェネラルは、オレとクロが引き受けるぞ！」

「りょーかい！」

倒れているA隊のリーダーを狙って、ジェネラルの通常の真向切りが振り下ろされる。

オレは地面を強く蹴って、突進スキル〈ソニック・ソード〉を発動。ジェネラルの大剣の側面を狙い、加速した勢いを利用して全力で打ち払った。

流石に大剣を横から攻撃されるとは、想定していなかったらしい。

打ち払われた後にジェネラルは、姿勢が崩れて一時的にだが行動不能の状態となった。

敵が固まったチャンスを好機と見て、並走していたクロが加速スキル〈瞬歩〉を発動させて弾丸の如く駆けた。

「――ハァッ！」

地面から跳躍した彼女は、風を纏った居合切り〈瞬断〉でジェネラルの胴に一筋の線を刻み込み、ダメージを与えることで敵のヘイトを引き付ける。

邪魔をされて流石に苛立ちを覚えたのか、ボスモンスターは唸り声と共に小柄な少女を真っ二つにしようと、大剣を横に構えるモーションを見せた。

だが大切な相棒には、このオレが指一本触れさせない。

敵の視線が外れた一瞬の隙に突進スキルで接近すると、そこから高く跳躍して〈シルヴァ・ブレイド〉を右肩に担ぎ、敵の頭部を狙い自身の手持ちで最も威力のある三連撃のスキル――〈トリプルストリーム〉を使用した。

一撃目は振り下ろす袈裟切り、そのまま地面に着地すると再度跳躍して今度は勢いを殺さずに刃を振り上げる逆袈裟切りを放つ。

真紅に輝くスキルエフェクトと共に、空中で高速回転を加えて威力を増幅すると、自由落下をしながら左から右に薙ぎ払った。

三撃目を受けた〈バアル・ジェネラル〉の頭部の甲殻は砕け散る。

ＨＰは減少を続け、一本目のゲージは全て消し飛んだ。

「良し、これで後はラスト一本だ！」

地面に降りたオレは、ＨＰゲージが一つ消えてしゃがむような低姿勢で動かなくなった敵の側から素早く離脱する。

そして待機していたクロと共に、転倒から体勢を立て直した仲間の騎士達と合流した。

「ソラ様、これは犠牲者ゼロで行けますぞ！」

「ああ、お二方がいれば、残り一本を削ることだって十分に可能だ！」

二部隊のリーダーの男性と女性の精霊騎士が、有利な展開に対して興奮気味に語る。

士気が高いのは良い事なのだが、皆がやる気に満ちている中でオレは顔をしかめた。

（……たしかに〈バアル・ジェネラル〉の攻撃パターンが変わらないのなら、二人が言っている通りの展開になるとは思うけど）

長年のゲーマーとしての経験から考えるのならば、ＨＰが複数本あるタイプは大抵ラスト一本が本番になるケースが多い。

だから敵の変化によっては、この優勢の状況からでも普通に全滅はあり得る話だった。

現に追い詰められて動かなくなった〈バアル・ジェネラル〉の姿に、先ほどからオレのゲーマーとしての直感が、何かヤバい事が起きると最大の警報を鳴らしていた。

「全員、警戒を解くな。何か様子が……」

おかしい、そう言って周囲に注意を促そうとした時の事だった。

ジェネラルが手にしていた大剣が滑り落ち、地面に落ちて粉々になって砕け散る。

次にベキッと何かが剥がれるような音がすると、巨人のちょうど肩あたりから二本の腕が生えて合計四本腕となった。そこから変身は加速的に進み、背中からはハエのような二枚の翅が生えて、最後に外殻はより太く刺々しい形へと変貌を遂げる。

レベルは１００にまで上昇して、凄まじい重圧感が周囲に容赦なく解き放たれた。

第一形態の人型から、より昆虫の要素が強くなった第二形態――〈バアル・ジェネラル・グラトニー〉は、二つのハエの目でオレ達を睨みつけ、

『ＧＵＲＡＡＡＡＡＡＡＡＡＡＡＡＡＡＡＡＡＡッ‼』

怒りを込めた咆哮と共に、禍々しいモンスターは両手に眩い光のスキルエフェクトを発生させ、足元の地面に向かって大きく振りかぶる。

「不味い！　大技が来るから、今すぐ全員その場から跳べッ！」

何が来るのか見抜いた自分が叫ぶのと同時に、敵の左右の手が地面に叩きつけられる。

接地点を起点に、一瞬だけ真っ赤な円形の効果範囲が表示された。

それはここから、女王シルフがいる場所に届く程の大きさだった。

オレとクロを含め、反応できた何人かが緊迫した状況に顔色を変えて跳躍すると、ジェネラルの地属性広範囲攻撃〈グランド・シェイク〉が発動する。

跳んで回避したというのに、発生した余波で上空に弾き飛ばされる程の衝撃波が地面から発生した。精霊の騎士とハエの兵士の敵味方を、全て無差別に巻き込んだ大地震が、戦地となった草原に大破壊をもたらした。

「ぐぅ、うわあああああああああああああああああああッ!?」

オレの耳に聞こえてくるのは、戦場に参戦した騎士達の悲鳴だった。

天高く打ち上げられたオレは、そこで少し反応が遅れて大技を食らいスタン状態になったクロを見つけると、必死に手を伸ばし抱き寄せる。

「そ、そら……」

「大丈夫だ、全部オレに任せろ!」

弱っているクロを胸に抱きしめながら、オレは姿勢を制御して自分を地面に向かって下の方にすると、そのまま背中から不格好に落ちた。

「がはッ!?」

痛みはないが、衝撃で呼吸が一瞬止まる。

ダメージは受けたが、HPはなんとか半減したくらいで止まり、腕の中にいる少女は確認したところ八割のダメージで済んでいた。

システムの自己修復機能で草原が元の形に戻る中、視線だけを動かしてジェネラルの現状を確認する。

どうやら敵は、大技を使った反動で長いスキル硬直に入ったらしく、両腕を地面に叩きつけた状態で完全に固まっていた。

この隙にオレは半身を起こし、先ずは地割れによってメチャクチャになった自軍の状況を〈感知〉スキルを発動して把握することにした。

――今の一撃でハエの兵士は全滅、こちらは九割ほどの兵士達が行動不能にはなったが、奇跡的に死亡者は出ていないらしい。

何であの威力で誰も死んでいないんだと疑問に思うと、その理由は〈洞察〉スキルで腕の中にいるクロのステータスに、見知らぬアイコンがあるのを見て直ぐに知ることができた。

どうやら〈精霊王の加護〉というスキルに守られたらしい。

効果は一度の戦闘中に、一回だけ受けるダメージを大幅に減少する。風の精霊王だけが使用できるユニークスキルと記載されていた。

危険を察知したシルフ女王が、全員の回避は間に合わないと判断して敵の大技が発動する寸前に守ってくれたようだ。

……とはいえ、流石に代償はゼロではない。

人数分に応じて、スキル硬直が発生するらしい。

遠く離れた場所にいるシルフが片膝を突いて動けなくなる姿が確認できる。

動けない女王を守るために、騎士団長のガストが慌てた様子で守りを固めていた。

そんなガストも、無事ではない様子だった。女王を守るために〈グランド・シェイク〉の盾になったのか、ＨＰが半分以下になり鎧や盾にも亀裂が入っていた。

「ソラ様、クロ様、大丈夫ですか！」

状況を確認するオレの側に、土で汚れたアリアが駆けよって来た。彼女が無事だったのは感知スキルで把握していたので、これに関しては特に驚きはしなかった。

視線を向けると、アリアは土で汚れてはいるけど無傷だ。その隣にはボディに亀裂だらけで、隙間からは黒い煙みたいなのがモクモクと立ち上っているゴーレムがいる。

「……あー、派手にやられたね」

大破しているゴーレムを見て思った事を口にしたら、それを聞いたアリアは目を伏せ、申し訳なさそうな顔をした。

「ソラ様、申し訳ございません。ジェネラルの攻撃からわたくしを守ったせいで、ゴーレムさんがこんな姿になってしまいました……」

「なるほど、そういう事か」

どうやら〈エンシェントゴーレム〉は『他者をかばう』スキルを備えているらしい。

それを使用したゴーレムは、アリアが本来受ける全てのダメージを自身のＨＰで肩代わりした事によって、二倍のダメージで半壊したそうだ。

「この子が万全なら、まだ戦えましたがこれでは……」

「うーん、確かに厳しいなんてもんじゃないな」

パートナーのクロは、意識はあるけどスタンがいつ解けるか不明だ。

他の精霊達も殆どが戦意喪失している有様で、タンクとしての切り札の一つだったゴーレムは、姫を庇って長期の戦闘は無理っぽい。

この状況では、敵の物理ダメージ半減を無効化するアリアが健在でも、武器を持って戦える者が自分しかいない。

クロがこんな状態でなければ、まだ戦えたのだが……。

しかし無いものねだりをしていても、この状況は変わらない。こうなったら取りあえず、アリア達の命を優先して戦場を一時撤退するのが一番だ。

もっとも無難な選択をした直後、目の前にウィンドウ画面が突然出現した。

「うわ……!?」

危うくひっくり返りそうになるのを耐えて、そこに表示されているものに注目する。それはすっかり忘れていたユニークスキル――〈ルシフェル〉だった。

発動条件と効果は、自分の天命残数を『1』つ捧げる事で〈光齎者〉になる事。

これを使えと言わんばかりに、出現した画面を見てオレは眉をひそめる。

この世界では何よりも重たい命の残機を消費するのだから、恐らくはそれなりに強力なスキルなのだろう。しかし一度も使った事のないスキルを、この土壇場で使用して果たして状況を打破できるだけの力を得られるのだろうか？

少しだけ悩んでいたら、そろそろ硬直が解けようとしているのか、遠くにいるハエの怪物が徐々に動き出そうとしている姿が確認できる。

二つのハエの目には、硬直が解けたらオレ達を皆殺しにするという殺意が宿っている。

……このまま悩んでいたら、どの道この場にいる全ての者は殺される。

戦闘不能者が多すぎる上に動ける者は少数、まともに撤退すら厳しい状況でジェネラルを長時間もの間引き付ける者がいなければ、自分達と背後の精霊たちはただ死を待っているだけにすぎない。

この場面で、オレにとって一番楽な選択肢は、アリアと協力してクロを抱え逃げる事だ。

それなら天命を一つ消費しないで済む上に、重要なアリアを守ることが出来る。

合理的な考え方をするのならば、その選択が一般的に正しいと思うのだが。

——こういう危機的な場面で、『上條蒼空』は今までどういう選択を取って来たのかを改めて考えてみた。

これは勝てない戦いだからと、大人しく諦めて逃げてきたか。

勝てる戦いでなければ、剣を握れないような弱者であったか。

いいや違う、答えは全て——『否』だった。

一か八かでも可能性があるのなら、自分は最後まで足掻いてきた。

なぜなら諦めるという事は、そのゲームに負けを認める行為だから。

「……ゲーマーならボスを倒すことを諦めるなんて事は、死より許されない行為だ」

「ソラ様、一体なにを……」

覚悟を決めたオレは、そっとクロを地面に寝かせて立ち上がる。

彼女は辛うじて開く瞳で、必死に何かを訴えかけるが自分は優しく微笑み返す。

「オレが必ず守るから、ここで待っててくれ」

「————ッ」

宣言した通り二人の少女を守る為、長い硬直から遂に解き放たれたハエのボスモンスター〈バアル・ジェネラル・グラトニー〉の前に立ちはだかる様に仁王立ちする。

準備を終えたら、目の前にある一つのスキル名を、左手の指先で軽くタッチした。

【天命残数を1消費して、〈光齎者〉になりますか?】

最終確認を見て、オレは不敵に笑った。

何が起きるのかは、正直に言って分からない。

もしかしたら、状況を覆す事ができないスキルの可能性も十分に考えられる。

でもここには、守らなければいけない二人の少女がいる。

ならば冒険者として、自分にできる事をやろうじゃないか。

天命残数が減る?

良いだろう、この命を一つくれてやる。

だから二人を、この場にいる全ての者を救うだけの光を、希望を!

——オレに寄越せ、ルシフェルッ!

⑦

世界に一つの白銀の柱が出現して、天上に真っ直ぐに突き刺さる。

ソレを見上げた各国の王と精霊達は、まるで神に祈るように目を伏せる。

白銀の意味を知る全ての民達は、白銀の天使の復活に沸き立ち。

全ての一般の冒険者達は、足を止めてその美しい光の柱を呆然と眺める。

ハエの兵士との戦いを終えて、空を見上げたトッププレイヤー達の中で彼の親族である一人の少女は胸騒ぎがして、〈ティターニア〉にいないただ一人の兄にメッセージを打つ。

光の柱に対して多種多様な反応をこの世界にいる者達がしている最中、最果ての暗黒の城で唯一人だけ玉座に座り、ずっと笑っている者がいた。

『ハ、アハハハハハハハハハハハハハハハハハハハハハハハハハハハハハハッ』

楽しそうに、バカにするように腹を抱えて、心の底から光の柱を眺めながら笑い。

白銀の少女は先日に現れ、自身に傷をつけたレベル1の冒険者の少年を思い出す。

『あー、面白いな。よもや自分の命を、こんな世界に捧げる程の大馬鹿だったとは』

魔王シャイターンは、世界に誕生した天使を歓迎して光の柱を仰ぎ見た。

『……天から堕ちた明けの明星は、黎明の天使と出会い光を取り戻す。巫女と共に七つの闇を討ち倒し、旧世界を創り直し新たなる世界を創造するだろう』

白銀の魔王は笑みを浮かべると、求めるように白銀の光に手を伸ばした。

さぁ、ここからが本当の始まりだ——冒険者ソラよ。

⑧

サポートシステムの無機質な少女の声が、頭の中に聞こえてくる。

『冒険者ソラが〈光齎者〉に覚醒したのを確認しました。ワールド・サポートシステムの役割を、今後はユニークスキル〈ルシフェル〉が引き継ぎます。冒険者ソラは〈ルシファー〉に覚醒した事で、天使状態の時は下記のセラフィックスキルを獲得します』

〈ヘヴンズ・ロスト〉効果：対ボス用の特効攻撃スキル。

〈アイン・ソフ・オウル〉効果：選択した対象の付与効果を全消去する。

〈天の翼〉効果：MPを常に消費する事で重力を無視し飛行を可能とする。

〈天の魔力〉効果：天上から得る魔力で能力が向上、MPが消費されなくなる。

『以上で全ての工程を終了致します。今後は私、ルシフェルが貴方のサポートをさせて頂きますので、お困りでしたら何なりと質問をして下さい』

「わかった。これからよろしくな、ルシフェル」

『イエス、マイマスター』

準備が終わるとオレは、ゆっくりと瞼を上げて天の魔力で金色となった瞳を開く。

それに伴って光の柱が消えると、先ず自分の姿を確認した。

最初に視界に入ったのは、背中から生えた純白に輝く二枚の天使の翼だった。

そして頭上には、天使の付属アイテムとして定番の光輪が浮かんでいた。

「これがユニークスキルの効果……」

外見の感想を述べるのならば、紛うこと無き天使だ。

身体の内側からは力が湧いてきて、半減していた体力は全て回復した上に、全ステータスが向上する『白銀の光輪』のアイコンがHPゲージの下に新たに追加されている。

MPが消費されないのならば、常に付与スキルを発動していられるはず。

そう考えたオレは『攻撃』『防御』『速度』『跳躍』『状態耐性』『風属性』の六種類もの付与スキルを一気に自身を対象に発動する。

すると全身から六色ではなく、白銀に輝く光の粒子が放出された。

天の魔力と付与スキルの二重バフ、今の自分は一体どれだけ強化されているのか想像する事もできない。そう思ったオレは、離れた場所で此方を警戒している〈バアル・ジェネラル・グラトニー〉を見て、丁度良いテスト相手がいるじゃないかと笑みを浮かべた。

「アリアは、ゴーレムと二人でクロを守ってくれ、アイツは今からオレが一人で相手する」

「ソラ様……お一人で、戦われるのですか。せめてこのゴーレムさんだけでも……」

泣きそうなくらいに顔をゆがませる彼女に、自分は首を横に振った。

「それなんだけど、先ずはヤツのバフを無効化しないと倒すことは不可能だ。だからアリアにはまた祈ってもらわないといけないし、万が一敵がオレを無視してこっちに来た時に、動けない二人を側で守ってくれる奴がいないと戦いに集中できない。だから……」

「……わかりました、ここでご武運を……お祈りいたします」

少し逡巡した後に、アリアは両手を合わせて再び祈りの姿勢を取る。

地面に魔術陣が出現し彼女の力によって前方にいる敵の能力、物理ダメージ半減のバフがガラスの砕けるようなエフェクト音と共に、再び無効化されたのが確認できた。

「ありがとう、アリア」

オレは礼を言ってしゃがみ、出撃する前にクロの頭をそっと撫でた。

「クロ、必ず勝つから見ていてくれ」

「そら、がん、ば……て……」

スタン状態なのに、たどたどしい口調で応援してくれた彼女にオレは微笑み立ち上がる。

クロからシステムでは得られない超強力なバフを貰った自分は、白銀の剣を構え前傾姿勢になると、

――地面を蹴り、敵に向かって突撃した。

　翼を広げ飛翔すると、同時に発生した凄まじい加速によって、周囲の景色は一瞬にして遥か後方に置き去りとなる。

『GRAAAAAAAAAAAAAAAAAAAAAAAAAAAAAAAAAッ!!』

　接近するオレの姿を見て、動きを止めていたジェネラルが脅威だと判断して二本の右腕を振りかぶり、鋭い爪を邪魔な虫を払うように大きく横に振るった。

　だが過去にプレイしたゲームで、視認すらできない攻撃をするボスなんて数えられない程に相手をしてきた。

　そんな自分からしてみたら、その一撃は余りにも遅く感じられた。

『翼の操作は思考操作型です。マスターが思い描いた通りに飛行を可能としてくれるので、初めてでも難しくはないと思います』

　サポートシステムのルシフェルから解説を聞いて、似たようなゲームをプレイしたことがあるオレは即座に背中から生えている二枚の翼の操作を理解する。

　軽く羽ばたいて、横から迫る攻撃を上昇することで回避。

　そのまま突進スキルの〈ソニック・ソード〉を発動させ、勢いを止めずに敵の頭に鋭い横薙ぎの一撃を叩き込んだ。

　ザンッと深い刃の横線がジェネラルの頭部に刻まれ、敵はＨＰを一割減少させて大きく後ろに向かってノックバックした。

「……この状態で一割か。ジェネラルの第二形態はかなり硬くなっているか、それかＨＰの総量が大きく増えているみたいだな」

単純な計算だと、残り九回から十回くらいは、攻撃を与えないと倒せない事になる。

数字にしてしまうと、意外と大した事ない回数だと思った。

オレは翼を羽ばたかせ、強化された敏捷で突進スキルのような速度で追いすがった。

選択するスキルは、片手用直剣カテゴリーの四連撃〈クアッド・ランバス〉。

真紅に輝くスキルエフェクトと共に、敵の掴み攻撃を左右ジグザグに飛行する事で、指先一つ触れさせる事なく回避する。

並の人間なら、すぐに酔ってしまいそうな変態的な空中機動をオレは絶え間なく続け。

ジェネラルの甲殻が薄い懐に潜り込むと、胸に向かって右上から左下に振り下ろす袈裟切りを一つ入れた。

「うおおおおおおおおおおおおおおおッ！」

そこから眦を吊り上げ雄叫びを上げながら、逆袈裟切り、左袈裟切り、左逆袈裟切りと高速で舞うように敵の身体に合計で四つの斬撃を刻んでいった。

最後の一撃によって、ジェネラルの減少していたＨＰは半分で停止する。

緑色の体液っぽいダメージエフェクトが発生して仰け反った敵は、接近戦は分が悪いと察したのか、跳躍と翅を利用して大きく退避した。

——残りは半分、このまま押し切れないか？

極限まで集中したオレは、突進スキルで更に加速する。

視界が更に霞むほどの速度で、再度離された距離を縮めようと考える。

すると、離れた場所にいるジェネラルは口を大きく開き、口中の奥から紫色に輝く不気味なスキルエフェクトを発生させた。

『マスター、回避を！』

「マジかよッ⁉」

スキルで何が来るのか見抜き、慌てて翼を羽ばたかせて急上昇する。

敵の口中から放たれたのは、触れるもの全てに無属性の大ダメージと共に毎秒十ダメージの猛毒を付与する息吹〈ヴェノム・ブレス〉だった。

装備でカバーしているとはいえ、今の防御力でアレを耐えるのは難しい。

そして耐えられたとしても、猛毒を付与されてしまったら死は確実に避けられない。

オレの状態異常に対する耐性は高いけど、万が一付与された場合は、ＨＰフルの状態からでも一分後には死んでしまう計算となる。

絶対に避けた方が良いと判断した自分は、顔を動かすことで追尾してくるブレスから舞うように逃げて、ボスモンスターに接近するチャンスを窺った。

だがここが正念場と判断したのか、ジェネラルは息吹を吐き終えると再度口中に紫色の光を見せ、二度目の猛毒の息吹を吐き出す。

「クールタイムと硬直がないとか反則だろ⁉」

大きな舌打ちをして、〈ヴェノム・ブレス〉を右に緊急回避。逃げる事を強いられながらも、翼を広げ紙一重で巧みに避けていく。

数分ほど逃げ回って、二発目が終了したタイミングで反転する。

一転攻勢に出た自分は、すっかり推進スキルとしてメイン活用している、〈ソニック・ソード〉を発動した。

間近まで接近してキャンセル。そこから選択するのは、水平二連撃の〈デュアルネイル〉。

突進する勢いを利用して刃を右から左に一閃、更に高速回転から放った二撃目が敵の身体を深く切り裂き、体力を残り三割まで減少させる。

「これで、あと少し……」

ひりつく攻防戦に、口から吐息が漏れる。

近年のボス戦においては、ＨＰが残り僅かだからと言って油断はできない。

ここからの詰めが一番の要所となる、ここで冷静さを失い焦って失敗するケースはＭＭＯＲＰＧではよくある光景だった。

だから追撃したくて、逸る気持ちを鍛え上げた自制心で抑えながら、翼を羽ばたかせてジェネラルの側から脱出することを優先した。

『ＧＡＡＡＡＡＡＡＡＡＡＡＡＡＡＡＡＡＡＡＡＡＡＡＡッ！』

堅実な立ち回りをするオレを逃すまいと、背後から迫る四本の腕による掴みが来る。

だが〈感知〉スキルで腕の軌道を全て見切り、左右に飛行機が行うバレルロールの要領で回避しながら、安全なラインまで逃げる事に成功する。

そのまま仕切り直す為に、オレは翼を羽ばたかせ敵からいったん距離を取った。

深呼吸を挟んで冷静になる時間を設けると、いよいよ最後のアタックを仕掛けようと思った、正にその時だった。

『マスター、大技が来ますッ！』

あと一歩まで追い詰められたボスの〈バアル・ジェネラル・グラトニー〉が突然の怒号を上げながら、苛立ちを露わにして大きく振り上げた二本の腕に——地属性の広範囲攻撃〈グランド・シェイク〉のスキルエフェクトを発生させた。

不味い、増援が来て救助活動が行われているが、まだ戦場には沢山の精霊騎士達が倒れている。

アリアとクロは最悪ゴーレムが守ってくれるとしても、シルフが動けない今の状況で広範囲攻撃をされたら、確実に精霊達に大多数の死傷者が出てしまう。

平和な〈エアリアル〉で暮らす人々の笑顔が、脳裏にフラッシュバックした。

普通に考えるならNPCの安否なんて、ゲームでそこまで気にする程のものではない。

でもオレは違う、――〝あの人たちを見殺しになんて出来ない〟。

胸に決意すると、翼を羽ばたかせ全速力でスキル発動の阻止に向かった。

だが流石に安全を第一に考えて離れた距離は、全力で飛んだとしても、簡単に縮められる程に近くはない。更に腕が地面に叩きつけられる前にパリィを入れるのは、自分の『敏捷』のステータスを以てしても極めて難しかった。

「くそッ!」

悪態を吐きながらも、少しでも止める可能性を上げるために限界の速度で飛ぶ。

だが無慈悲にもジェネラルは、避けられぬ自身の死と引き換えに戦場にいる沢山の精霊達を道連れにする為に、上げた自身の両腕を勢いよく地面に向かって振り下ろした。

この速度じゃ、間に合わないッ!

せめて遠距離攻撃のスキルがあったらと、オレは苦々しい顔をした。

だがここで諦める事は、共に戦った精霊達の命を見捨てる事に繋がる。

限界を超えろ！　アリアの同胞を、全てを守るんだ！

『マスターッ⁉　これ以上の加速はダメージが発生します！』

「知った事か、ここで全員生存を諦めるなら死んだ方がマシだ！」

ルシフェルの警告を無視して、あきらめないで限界を超える速度で向かう。

すると、どこからか誰かの高笑いが聞こえた。

『——ハハハハハハ！　天上の冒険者を助ける気はなかったが、ピザをタダで食べさせてもらった恩は返さなければ、流石に騎士の名折れだな！』

突如森の中から、漆黒の鎧を纏った見知らぬ騎士が姿を現し、疾風の如く速さでジェネラルの真下で足を止める。

彼は背負った大剣の長い柄を握り、地面に向かって真っすぐに振り下ろされる両腕を狙い、ジェネラル以上の威圧を込めて抜き放った。

大剣とは思えぬ速度で放たれた一撃は、けして軽くはないジェネラルの右腕をたった一振りで上空に向かって弾き飛ばす——見事なパリィを決めた。

『恩は返した、後は君の仕事だ〈ルシファー〉』

オレの方を見て騎士はそれだけを告げ、身をひるがえして発動した突進スキルであっという間に、その場から森の中に向かって姿を消した。

もしかして、今のがパン屋の人が言っていたピザの、

「ソラ、今がチャンスだよ！」

「…………ッ⁉」

予想もしていなかった出来事に、少しだけ困惑していたオレの意識を、スタン状態から解放されたクロが大声を上げて現実に引き戻してくれる。

そうだ、今は他に気を取られている場合じゃない。

パリィでキャンセルされた敵の硬直時間は、恐らくだが余り長くはないだろう。

謎の騎士が作ってくれた、この絶好の好機を逃してはいけない。

だけど確認できるジェネラルの残り体力は三割、コレを確実に削り切らなければ敵に再び、〈グランド・シェイク〉を使わせるチャンスを与える事になる。

手持ちの中で最も威力のある〈クアッド・ランバス〉は、先程使用したばかりの為に未だクールタイムが終わっていない。手持ちでアレを削り切れそうなのは、現状では〈トリプルストリーム〉しかないのだが、その選択も確実とは判断し難いものがあった。

『マスター、それならばこちらはどうでしょうか』

新しいオレのサポートシステムとなったＡＩ〈ルシフェル〉が、目の前に一つの可能性

を提示する。それは未だ使ったことのないセラフィックスキルの一つ、対ボス用の特効攻撃――〈ヘヴンズ・ロスト〉だった。

必殺技とも呼べる効果だけど、発動条件は全く難しくない。

天使状態で、七つの各属性エンチャントを全て自身に付与して、接近した後に剣を敵に向かって直接振り下ろすだけのお手軽スキルだ。

「……これなら、やれるのか？」

『私はマスターに対し、適切な助言をするサポートシステム〈ルシフェル〉です』

「なるほど……」

ゲームシステムが推奨するのは、昔から外れのパターンが多い。この重要な場面で信用するのは、今までの経験だとリスクが高過ぎる。

いつもの自分ならば少しでも確実な方を選択して、難易度は少し高いが三連撃を途中でキャンセルして、刺突技の〈ストライク・ソード〉に繋げる方を選択するだろう。

だけど理由は分からないが、彼女の声を聞いていると懐かしさと同時に信じられるような気持ちが湧いてくる、それを不思議と無視することが出来なかった。

「わかった、これで決めよう」

わずか数秒のやり取りの中で、覚悟を決めたオレは自身に付与魔術のスキル『七属性のエンチャント』を使用する事にした。

順に発動する属性エンチャント、全ては相克することなく〈光齎者〉である自分の内で一つに纏まり、闇を祓う純白の輝きとなって世界を照らす。

『ＬＵＣＩＦＥＲＡＡＡＡＡＡＡＡＡＡＡＡＡＡＡＡＡＡＡＡＡＡＡＡＡＡＡＡＡＡッ!!』

神の威光を宿した自分にヘイトが向けられ、僥倖にも敵が両腕に宿そうとしていたスキルエフェクトがキャンセルされた。

純白の光に対し完全に我を失ったジェネラルは、全ての生物を拒絶する猛毒の息吹〈ヴェノム・ブレス〉を上空にいる自分に向けて放ってきた。

オレは手にした白銀の剣を上段に構えると、猛毒の息吹に怯むことなく正面から叩きつけるように〈ヘヴンズ・ロスト〉を発動させた。

対ボス特効、その効果はボスクラスのモンスターを相手に発動した際に、威力を数倍以上に上げるだけでなく、その特殊技を一度だけ無効化することができる。

純白の光を放った〈シルヴァ・ブレイド〉と息吹が真っ向から衝突する。

猛毒の息吹は、刃に触れた瞬間に効力を失って消失した。

そのまま翼を羽ばたかせ、高速飛行で接近したオレは睨みつけるジェネラルの額に狙いを定めて、渾身の力を込めて刃を振り下ろす。

「これで終わりだぁッ！」

あらゆる邪悪を亡ぼす力を宿した必殺の一撃は、頭部を切り裂いて深々と刺さり、そのままジェネラルの頭から股にかけて一筋の光の線を刻んだ。

刃を受けて動きを停止させた〈バアル・ジェネラル・グラトニー〉は、残っていたＨＰが全てゼロとなり、巨大な身体は端の方から光の粒子となって崩壊を始める。

こうして精霊達を脅かした大災厄は、幻想的な光景を残して森に散った。

⑨

『ミッションコンプリートです、マスター』

サポートのルシフェルが、戦いに勝利した事を教えてくれる。

上空から巨体が消滅するのを見届けた後、次にオレの視界に表示されたのはボスを倒した証拠である【クエストクリア】と【ラストアタックボーナス】を獲得したお知らせだった。

ボスを倒した事で莫大な経験値を得たオレは、レベルが一気に30まで上がり、片手用直

剣の熟練度が30に至ることで新しいスキルを獲得する。

取りあえずスキルの確認を後回しにしてウィンドウ画面を閉じたら、地上で待っているクロとアリアの下に戻ることにした。

「それじゃ、みんなの所に戻るとしようか」

『……あ。マスター、これは不味いです』

「え、なんで？」

慌てた様子のルシフェルに聞き返すと、急に先程まで自由に動かせていた身体が、まるで金縛りにあったかのように動かなくなる。

この感覚は、まさかスキル硬直——

状況を理解するのと同時に、滞空している事が出来なくなり自由落下が始まった。

今いる高度はおよそ十メートル、高さを例えるのならビルの三階から四階に相当する。

そんな高いところから、地面に受け身も取れずに頭から叩きつけられたら人はどうなるのか、それは小さな子供でも簡単に回答できるだろう。

『硬直時間は五分です、地面に接触するまでに解除される事は絶望的です』

……これは、死んだな。

ルシフェルから告げられた死亡宣告に、オレは心の中で覚悟を決めた。

『マスター、今から死ぬのに、とても冷静ですね』

「それは慣れてるから、かなぁ……」

ノーリアクションで落ちながら、ルシフェルに対し苦笑した。

落下死は他のフルダイブ型ゲームで、数え切れないほどに経験している。

だから今更、この程度の事で焦ったり取り乱すことはない。

それよりも、たった二日で天命残数を三つも消費してしまう事に、まだまだ自身のゲーマーとしての力量不足を心底痛感していた。

地面が迫って来るのを見たオレは、そっと目を閉じ死ぬ瞬間が来るのを身構える。

──落下死まで後十秒、八……五……二……。

頭の中でカウントしていた数字がゼロになる寸前、

「──ぬわぁ⁉」

真横から、勢いよく何かが衝突して来た。

そのままオレは、ぶつかって来たソレと絡み合うように地面を何度も転がる。

数メートルほど移動した所で、自分が下で向こうが上に重なる形でようやく停止した。

右上のゲージを確認したら、幸いにも死亡するほどのダメージは入っていなかった。

どうやら横から入った体当たりで勢いが減速したのに加えて、地面を転がった事で三割ほど減少しただけで済んだらしい。

一体誰が、落下死から助けてくれたんだろうか。

その答えを確認する為に、自分は閉じていた目をゆっくり開いてみる。すると最初に視界に入って来たのは、真っ黒で美しい髪だった。

それだけで直ぐに、仲間のクロだと理解したオレは、上に乗っかる彼女に礼を言おうとして——そこでようやく一つの違和感に気が付いた。

自身の左頬に感じる、湿っていて柔らかい不思議な感触。まさかと思った自分は至近距離で彼女と目が合って確信する。——これは〝キス〟であると。

「ご、ごめんなひゃいッ⁉」

慌てて離れた彼女の顔は、耳まで真っ赤に染まっていた。

オレは思わず、唇の感触が残る左頬を片手で押さえる。生まれて初めて経験した、異性からの接吻に頭の中が真白になり、今は何も考えられなくなった。

それから自分達は、マトモに相手の顔が直視できなくなる現象に陥った。

気まずい雰囲気が漂う中で、オレはなんとか状況の打破を考える。だけどこういう時に、女の子になんて話しかけたら良いのか全く分からなかった。

アレコレ考えて、全て却下していく不毛な事を繰り返していると、そんなオレを見ていたクロがくすりと笑った。

「……ふふ、さっきまですごくカッコ良かったのに、今のソラはとっても面白いね」

「お、女の子にキスなんて、今まで された事は無かったから仕方ないだろ……」

「それを言ったら、わたしもはじめてだよ？」

小さな唇の前に右の人差し指を立てて見せ、それから綺麗なウインクを決めた少女にオレは魅了されて胸がドキッとした。

直視できなくなり視線を逸らしたら、彼女はニコニコと満面の笑顔で呟いた。

「……もう、昨日会ったばかりなのに、ソラと一緒にいるとすごく楽しい。この一週間、シグレお姉ちゃんと一緒にいる時は、対戦以外ほとんど作業ゲーだったのに」

「あー、師匠は効率重視だからな。そうなるのは仕方ないよ」

「うん、アレはアレで面白かったから良いの。でもソラとの冒険は、ずっと何が起きるのか分からなくてワクワクしちゃった。わたしはこっちの方が好き」

その言葉だけで、自分の胸の内はとても温かくて心地の良い感情で一杯になった。

やはりこうやって、他の人と一緒にプレイすることが出来るオンラインゲームは楽しい。

この世界は良い事ばかりではないが、やはり一番の魅力は何と言ってもオフラインだけでは経験することのできない楽しさだ。それをこうして共有できる事は何よりも嬉しい事だし、一緒に冒険をしたことは忘れる事のない大切な思い出となる。

オレは目の前にいる少女に、心の底から感謝の言葉を述べた。

「ありがとう、クロ」

「えへへ、どういたしまして」

するとこのタイミングで、スキル硬直時間が終了した事をルシフェルから告げられた。

手足を軽く伸ばした後、オレは起き上がろうとする。

だがそこでふと、クロが上に乗っているので身動きが取れない事に気が付いた。

仕方ないので上から退いてもらおうと口を開いたら、

「ソラ様、クロ様、お怪我はありませ——ひゃあ!?」

心配して駆け寄って来ていたアリアが、直ぐ側で足を躓かせたらしく悲鳴を上げて此方に向かって倒れてくる。

とっさに反応したクロは、ギリギリで飛び退いて回避した。

だが反応がどうしてもワンテンポ遅れてしまうオレは、勢いよく倒れた彼女の——それなりに大きい胸に顔を抱かれる形となった。

「むぎゅ……」

温かく柔らかい母性の塊、それに押しつぶされ視界が真っ暗になる。

しかもどうやら、それが引き金となって昨日から蓄積していた精神的な疲れに、慣れない天使化の操作負担が合わさって大爆発したらしい。

抵抗することも出来ない、強烈な眠気がやってくると、手足から力が抜けた。

脱力したオレにびっくりしたアリアは、慌てた様子で上から退いて隣に腰を下ろすと、身体を揺さぶりながら心配して声をかけてきた。

「ソラ様！　しっかりしてください！」

「うーん、天使化の影響かな。流石に疲れたみたい……」

背中の翼はいつの間にか消えている。取りあえずここで寝るのは流石にヤバそうなので、力が入らない身体にムチを打って起きようと努力してみる。

だがアリアから離れると、やはり身体が少しだけふらつく。

「あ……」

ふとバランスを崩して、オレは背中から地面に倒れそうになった。

するとクロとアリアが、左右から協力して受け止めてくれた。

「クロ様もお疲れのはずです、ここはわたくしにお任せください」

「アリアも巫女の祈りで疲れてるから、ここはわたしに任せて」

「クロ様⁉」

張り合ってきたクロに、相対するアリアが珍しく闘志の炎を燃え上がらせる。

そんな彼女に負けじとクロも、氷のような鋭く冷たい闘志を纏うのが肌で感じられた。

一歩も譲らない少女達の間でオレは、バチバチと火花が散る音が聞こえた気がした。

どう考えても、この二人の争いの原因は自分にある。

止めないといけないと思うが、そんな体力は今の自分には残っていなかった。

どうしたものか悩んでいると、疲労困憊の自分を抱えながら二人の少女は、更に争いをエスカレートさせていく。

「ソラは、わたしのお友達だよ！」

「いいえ！　ソラ様は、クロ様だけの友人じゃありません！」

もうこれは、どこからツッコミを入れたら良いのか分からない。

二人の少女による、謎の友人アピール合戦が始まったので、ここで限界に達したオレは諦めて意識を手放した。

⑩

暗い闇の底から、沈んでいた意識は覚醒レベルまで戻って来る。重たい瞼を上げると、先ず宿ではなく、見慣れた自室の天井が見えた。

まさか、ゲームの中ではなくリアルの世界なのか？

驚きながらも視界を周囲に巡らせると、やはりそこは現実にある自分の部屋だった。

ＶＲヘッドギアを、頭に装着していないという事は、恐らくは妹の詩織に物理的にログアウトさせられた可能性が高い。

これは流石に、ゲームのやりすぎだと後で怒られそうだ。

お叱りを受けるのを覚悟し、リビングに向かうために身体を起こそうとしたら、そこで目の前にいる見知らぬ人物と目が合った。

天然パーマのプラチナブロンドと、黒色が混在したメッシュ。それにどこか、見覚えのある赤いカチューシャを身に着けているのは——美しい天使のような少女だった。

「あ、やっと起きた！」

自分の腰辺りに、またがる様に座っている真っ白なワンピース姿の少女は、目が合うと満面の笑顔を浮かべて勢いよく頭を胸に抱いて来た。

突然の抱擁に、オレは外部的な刺激と思考の混乱によって軽いパニックに陥った。

「え？　だ、だだだ誰だ？」

「もー、一緒に旅をしたのに、見て分からない？」

「一緒に、旅をしたって……」

距離を取り、少しだけ頬を膨らませる少女をじっくり見る。

そこで髪の色は違うが、気を失う直前まで見ていた妹弟子にそっくりな事に気付いた。

「まさか、クロか？」

「うん、こっちでは初めまして。小鳥遊黎乃だよ」

「はじめまして、上條蒼空です……って、なんでアメリカにいるキミが日本に？　それに、ゲームでは真っ黒だったのに、その髪の色は一体どういう事なんだ⁉」

ビックリしたオレは、思わず勢いよく上半身を起こす。

至近距離で向き合う形になると、彼女は少し頬を赤く染めて視線を右下にそらした。

「あのボス戦が終わった二日後に、シグレお姉ちゃんの転勤でこっちに引っ越してきたの。髪の色は地毛だよ。わたし、日本人と北欧出身のハーフなの」

「な、なるほど。そういうことか……」

彼女の言葉で、オレはようやく全て思い出した。

確かキリエの店で『天命残数』についての話をした後に、時雨が近況報告でアメリカから日本に転勤で、引っ越しがどうのという話をしていた気がする。

まさかこんなにも早く、引っ越して来るとは想像もしていなかったので驚きだ。

「その髪色は一体……」

「キャラクリエイトで、時雨お姉ちゃんとお揃いにしたの。本当はこの髪と同じ色で、始めようと思ったんだけど……」

「ゲームのクロも綺麗だったけど、リアルではもっと綺麗なんだね」

「……へ、変だと思わないの？」

「変って、一体どこが？」

「だってわたしの髪の毛、プラチナブロンドに黒が交じってるから……」

「全く変じゃないよ。むしろ天使がお迎えに来たのかと思ったくらいだし」

彼女の言葉と反応を見て、大体の事情を察した。

ゲーム内でも友人がいない発言から、現実では普通と違う容姿で色々とあったんだろう。

だからオレは、渾身の一撃で黎乃の不安を消し飛ばす為に手を握り、

「こんなにも綺麗な女の子、生まれて初めて見たよ」

「ふえ、ふええええええええええええええええええええ!?」

クロは急に大声を出すと、手を振り払うようにその場から逃走し——勢いよく扉を開けた自分の妹、詩織の背後に隠れてしまった。

「お兄ちゃん！　起きて早々に黎乃ちゃんを困らせたらダメでしょ！」

「しおr——ぐふぁ⁉」

家主の詩織に従って、上条家の守護神である白猫のシロが勢いよく体当たりをしてくる。モコモコの超重量を、顔面で受け止めたオレはベッドに背中から倒れた。

本気で言ったのだが、まさか悲鳴を上げられるとは思わなかった。反省しながら胸の上に座るシロを抱えると、自分はゆっくり上半身を起こした。

「まったく、女の子の姿になっても天然たらしなんだから」

「そんなつもりは、全くなかったんだけど……」

「黎乃ちゃん、気を付けて。お兄ちゃんは無自覚でこっちのハートを狙い撃ちしてくるわよ」

「う、うん……」

なにやら宜しくない事を言われているが、抗議をしても昔から言葉で詩織に勝利した事は無いので、ここは賢明に黙っておく事にする。

二人は部屋の扉を閉めると、そのままオレのベッドに腰掛けた。

「それでお兄ちゃん。調子の方はどう？」

「ぐっすり寝てたから、とても快調だね」

「うん、それは良かったわ。先ずはお兄ちゃんが気を失ってから、今まで何があったのか状況を説明したいんだけど良いかしら?」

真剣な顔をする詩織に、オレは姿勢を正して頷いた。

「……じゃあ話すわね。お兄ちゃんが気絶した日に私は、お医者さんをしているゲーム友達のユリメイさんに助けを求めたの。でも身体は性転換の事も含め、これと言って特に異常は見つからなかった。それから三日間、その間に時雨姉と黎乃ちゃんが引っ越して来てからも、今日までお兄ちゃんはずっと眠ってたわ」

なるほど、ユリメイが来てくれたのか。しかも本職の医者が診て、身体に異常が見当たらなかったという事は、この身体は紛れもなく本物である事を意味する。

詩織もそれを意識してか、目を伏せて暗い顔をしていた。

まったく、この兄思いの妹は……。

落ち込んでいる妹の頭を、オレは優しく撫でおろす。

目を閉じて受け容れた彼女は、しばらくして徐に口を開いた。

「……ありがと。時雨姉から、お兄ちゃんに伝えるようにって伝言を預かっているわ」

「師匠から、オレに?」

詩織は頷くと、スマートフォンを取り出して時雨の伝言を表示する。

手渡されて見ると、そこにはこう記載されていた。

『――バカ弟子、今度からは問題が起きたらちゃんと話せ。……意識が戻るまで待っているつもりだったが、どうしても外せない仕事で一週間ほど留守にする。その間に目を覚ましたら、すまないが私の代わりに黎乃を側で守って欲しい。それで今回の件は許してやる』

内容に目を通したオレは、思わず苦笑いしてしまった。

「あー、これはかなり怒ってるね……」

「私も〈アストラル・オンライン〉で、今後何かが起きたら話すように注意されたわ」

「ごめん、完全にとばっちりだったな」

「お兄ちゃんを見て、相談しなかった私も悪いんだもの。謝る必要はないわよ」

「オレも今後は、気をつけないと。……さて、側で守って欲しいって書いてあるけど、これは一体どうしろって事なんだ？」

「……あれ、もしかしてお兄ちゃん、黎乃ちゃんから聞いてないの？」

聞いてないとは、何の事だろうか。

意味が分からなくて首を傾げると、彼女は次に衝撃的な発言をした。

「黎乃ちゃんと時雨姉、お父さんとお母さんと四人で話をしたらしいんだけど、お仕事で時雨姉が不在の時は家に泊まる事になったのよ」

「なんだって……!?」

それは実に、性転換をした時と同じくらいに衝撃的な話だった。

⑪

昼食の準備で詩織とシロが出て行くと、オレとクロは二人きりとなった。

これから、師匠が不在の時は彼女と一緒に住む。

急に訪れたラブコメみたいな展開に、心臓の鼓動は強く鳴りっぱなしだった。

さっきは寝起きの変なテンションと、純粋にクロの容姿に見惚れてしまって、ペラペラと思ったことを口にしてしまった。

冷静になって考えると、彼女に対しヤバい発言をしてしまったのではないか?

少なくとも、変な人だと思われた可能性は大である。

(こういう状況って、どうしたら良いんだろう……)

ぶっちゃけた話、昔からゲーム以外で女の子と絡むのは大が付くほどに苦手だ。

今は引退している〈スカイ・ハイファンタジー〉でチームを組んでいた際、メンバーの中に女子が二人いたが、自分は不用意な発言でよく怒られていた程である。

横目でチラリと、隣に座っている少女に視線を向ける。

先程の一件のせいで、彼女は顔を赤くしてずっと俯いていた。

やはり恥ずかしかったのだろう。

こうなると余計に、どう話し掛けたら良いのか全く分からなくなる。

こんな時、親友の二人がいたら適度にフォローを入れてくれるのだが。この容姿の事を言っていない現状で助けを求めたら現場を混乱させる事にしか繋がらない。

女の子一人と会話するのに、どれだけ思考を巡らせても良い案が浮かばないとは。

我ながら情けない、と胸中で溜息を吐いた。

(あー、どうしよう……ん?)

そこでふと、ベッドの枕元に置いている額縁に入った写真に目が留まる。

あれは去年家の庭で撮ったもので、写っているのはゲームを徹夜でプレイして気だるそうな顔をした自分と、完璧なスマイルを決めている妹のツーショットだった。

稲妻のようにピンと来たオレは、それを手にして改めてクロに向き合った。

「えっと……クロ?」

「は、はい!」

上ずった返事に、危うく噴き出しそうになった。

しかしここで、そんな事をしてしまったら彼女に失礼かもしれない。

頑張って、ギリギリのところで耐えると、オレはクロに話を続けた。

「あのさ、信じられない話なんだけど、ゲームの呪いでオレは現実世界でもこの姿になった……事はもう知ってるよな？　本当のオレは、この写真の冴えない男子高校生なんだよ」

そう言って、手にした写真を差し出した。

「これが、本当のソラ……？」

写真を受け取った彼女は、オレと手元にあるだらしない少年の姿を交互に見た。

美少女と平凡な少年、二つには天と地ほどの差がある。

これで本当の自分の姿にクロがガッカリしても、お世辞で褒められたとしても、そこから話を広げることができる。正に自分の現状を利用した自虐ネタだった。

果たしてクロは、元の姿を見てどんな反応をするんだろうか……。

かつてないほどに緊張して、心臓の鼓動が先程よりも速くなる。

手渡された写真を眺める少女の様子を、固唾を呑んで見守っていると、

「――わたしは、どっちのソラも好きだよ」

彼女は天使のような笑顔で、この上ない答えを贈ってくれた。

エピローグ◆白い少女

真っ白な世界で、一人の少女が踊っていた。

髪は一切の穢れがない純白、肌も透き通るように真っ白で瞳は輝くような金色。

身長百六十センチ程の少女は髪と同じ真っ白なワンピースを身に纏い、まるで一つの舞台を演じるように鼻歌交じりで、楽しそうに真っ白な世界でクルクルと舞い続ける。

『やっと、やっとこの時が来ました』

少女は踊りながら、一人の人物を真っ白な世界に映し出す。

それはシナリオが用意した、一つの国を亡ぼす大災厄を倒した天使の力を宿した白銀の少女の姿だった。

凛々しくて美しく、そしてこの世界で、最強である――〈光を齎す者〉。

そんな白銀の少女とは別に、隣にいる白金と黒の少女が映し出される。

彼女こそは、この世界で〈光齎者〉を支える〈黎明〉の子。

初心な二人は、顔を真っ赤に染めてぎこちない会話をしている。

微笑ましくて可笑しくて、つい羨ましくなる光景を眺めながら、白の少女は目を細めた。

『ふふふ……これで、ようやく始められます』

真っ白な世界に、更に二つのウィンドウ画面が追加で表示される。

一つには【ジェネラルの討伐とバアルソルジャーの一定数の討伐を確認、暴食のシナリオを進行して真なる大災厄〈バアルゼブル・ザ・グラトニー〉の封印が二つ解放されます】と管理者である少女にメッセージが記載されている。

まさか、自分達が大災厄の封印を破壊したとは、あの場にいる誰もが想像もしていない事だろう。

少女は、悪戯が順調に進む様子を見守る子供の様に笑みを浮かべ、急に踊るのを止めると立ち止まって、もう一つの画面に視線を向けた。

映し出されているのは、この世界の映像ではない。

そこには沢山のビルが立ち並び、整備された道路を鉄の乗り物が行き来している。

紛れもなくソレは、〈アストラル・オンライン〉をプレイしている天上の住人である冒険者達が住む世界だった。

『さぁ、始めましょう――〝終焉と再誕の物語〟その序章を』

少女が言葉を紡ぐと画面の中は大きく振動して、

――冒険者達の世界は、突如出現した『精霊(せいれい)の木』によって飲(の)み込まれた。

Status

HP/900　MP/60

STR/120　DEF/10(+50)

INT/20　WIS/10(+50)

SPD/190(+20)

Equipment

Weapon:<シルヴァ・ブレイド>

Armor:<駆け出し冒険者の服>
<コート・オブ・ドラグナイト>

Accessory:<疾風のシュトルンプ>
<妖精のアンクレット>

Skill

Job Skill:
<エンチャント・ファイア>
<エンチャント・アクア>
<エンチャント・アース>
<エンチャント・ハイウィンド>
<エンチャント・サンダー>
<エンチャント・ダーク>
<エンチャント・ライト>

Superior Skill:
<物理耐性><魔法耐性>
<状態異常耐性><魔力の効率化>
<洞察><感知><技能の熟達者>

Unique Skill:
<ルシフェル>

CHARACTER FILE Vol.1

Player Name ソラ

Avatar Type S

Job 付与魔術師

Level 30

Before

【あとがき】

この本を手に取ってくださった皆様、誠にありがとうございます。

２０２１年の１月に〈アストラル・オンライン〉を小説家でなろうで書き始めた時は、まさかこんな夢のような機会を頂ける事になるとは全く思いもしていませんでした。

大雑把にしか設定を考えずに毎日投稿で始めたものだから、粗が多い設定の見直しと薄っぺらな内容になっていた本作。

今回はそこを改善する為に大改稿を行いました。

ＷＥＢ版から読んでくださっていた読者様は、先ず〈スライムドラゴン〉の辺りから話の展開が全く違うとお気づきになられたと思います。

あの舞台が導入された理由としては、ＷＥＢ版では親友達と弱いスライム狩りしかしないで終ったので、二人に見せ場を作るのと同時に主人公に〈ドラグコート〉という特殊なアイテムを入手させるために用意しました。

その他にも書き下ろしたストーリーは沢山ありまして、ＷＥＢ版では大きな村だった精霊国は立派なお城付きの王国に発展したり、ボスも〈リヴァイアサン〉からの変更となり、他にもＷＥＢ版とは大きく違った展開となっています。

原稿ができたのをドキドキして送って打合せをしたら、「半分以上書き下ろしましたね」と担当編集者様に若干引き気味に言われました。反省も後悔もしておりません。

そこからはアドバイスを頂きながら、設定の見直しと台詞の変更など二人三脚をしてこの本が形となっていきました。

プロの目で見て頂くと、やはり色々と物語を書く上で為になるアドバイスを頂くことが多くあり、私も駆け出し小説家として少しは成長できた気がします（気がするだけかもしれない）。

イラストを担当してくださった珀石碧先生にソラ達のキャラデザを送って頂いた時は、頭の中にしかなかったソラ達の姿を最高の形にして頂いて感涙でした。

嬉しすぎて、作業の合間に何度も眺めてやる気を出していました。

銀髪美少女ソラの美しくカッコイイ姿、彼の天使化は必見です。

アリアの清純お姫様的なデザイン最高です、編み込み秀逸すぎる。

特に個人的に一番のお気に入りは、メインヒロインのクロですね。

天然のロング娘大好きッ！

特に服のデザインに関しては、漠然としたイメージをこれ以上ない形にしていただいて大変感謝しております。

作者はファッションセンス皆無なので、これからも助けて下さい。お願いします（地面に頭を擦りつけながら）。

……あとがきと言うのは初めて書いたのですが、果たしてこのような内容でよかったのだろうか？　その答えを求めて、ジャングルの奥地に向かった方が良いのか？

そんな冗談はさておき、粗削りな作品がこうして世に出せるのもこの〈アストラル・オンライン〉一巻を助力してくださった沢山の方々のおかげです。

特にＷＥＢ版の未熟な頃から読んでくださった読者の皆様には、感謝してもしきれないくらいです。

私がここまでこられたのも、長く応援をしてくださる皆様がいなければ『神無フム』として世に出る事はありませんでした。

最後になりましたが、編集者様、珀石碧先生、そしてこの本を手に取りここまで読んでくださったあなたにも最大の謝意を込めて。

ありがとうございました。

次巻予告

災厄＜バアル・ジェネラル＞を撃破したのも束の間、現実世界は**突如出現**した「**精霊の木**」により混乱に陥る。
時を同じくして現れた、**神を自称する存在・エル**が**告げる世界を救う条件とは――**

そして明らかになる**真の敵＜暴食の大災厄＞**と、**ユニークシナリオ**の進行。

強大なる敵を倒すため、最強TS美少女ゲーマーは更なる超成長と新たな装備で自身を超強化して仲間と共に試練に挑む!!

アストラル・オンライン

魔王の呪いで最強美少女になったオレ、最弱職だがチートスキルで超成長して無双する

第2巻今冬発売予定!!

https://firecross.jp/

アストラル・オンライン 1 魔王の呪いで最強美少女になったオレ、最弱職だがチートスキルで超成長して無双する

2022年10月1日　初版発行

著者――神無フム

発行者―松下大介
発行所―株式会社ホビージャパン

〒151-0053
東京都渋谷区代々木2-15-8
電話　03(5304)7604（編集）
　　　03(5304)9112（営業）

印刷所――大日本印刷株式会社

装丁――coil／株式会社エストール

Printed in Japan

ISBN978-4-7986-2969-8　C0193

ファンレター、作品のご感想お待ちしております

〒151-0053　東京都渋谷区代々木2-15-8
(株)ホビージャパン HJ文庫編集部 気付
神無フム 先生／珀石 碧 先生

アンケートはWeb上にて受け付けております

https://questant.jp/q/hjbunko

- 一部対応していない端末があります。
- サイトへのアクセスにかかる通信費はご負担ください。
- 中学生以下の方は、保護者の了承を得てからご回答ください。
- ご回答頂けた方の中から抽選で毎月10名様に、HJ文庫オリジナルグッズをお贈りいたします。

凶乱令嬢ニア・リストン 1

病弱令嬢に転生した神殺しの武人の華麗なる無双録

著者／南野海風
イラスト／磁石

神殺しの武人は病弱美少女に転生しても最強無双!!!!

神殺しに至りながら、それでも武を極め続け死んだ大英雄。「戦って死にたかった」そう望んだ英雄が次に目を覚ますと、病で死んだ貴族の令嬢、ニア＝リストンとして蘇っていた──!!　病弱のハンデをはねのけ、最強の武人による凶乱令嬢としての新たな英雄譚が開幕する!!